차라리 사막을
달리는건 어때?

차라리 사막을 달리는 건 어때?

2019년 12월 25일 초판 1쇄 인쇄
2019년 12월 30일 초판 1쇄 발행

지은이   임희선
펴낸이   김영애
편 집   윤수미 | 김배경
디자인   dreamdesign 정민아
마케팅   이문정
펴낸곳   SniFactory(에스앤아이팩토리)

등록   2013년 6월 3일
주소   서울시 강남구 삼성로 96길 6 엘지트윈텔 1차 1402호
전화 02. 517. 9385   팩스 02. 517. 9386
dahal@dahal.co.kr / http://www.snifactory.com

ISBN   979-11-89706-90-6
©임희선 2019

가격 15,000원

차라리
사막을
달리는건
어때?

저자 임희선

다흘미디어

차
례

part 1   꿈속의 사막을 걷는다

part 2 사하라로 가는 길

part 3 사막을 달리다

part 4 끝까지 가보고 싶은 길

세상의 끝, 사하라를 달리다

내가 미쳤었던 거지. 미쳤어

누가 뭐래도 사막에 가겠다고 한 나였다. 지난 6개월간 꿈에서도 사막을 걷고 뛰던 나이기도 했다. 사람들이 거기를 왜 가느냐는 핀잔을 주어도 한 번도 내 선택을 후회해 본 적이 없었다. 그랬던 내가 거대한 듄Dune(모래 언덕) 앞에서 나 자신을 수없이 탓하고 원망하며 걸음을 질척이고 있었다. 사막의 태양은 생각보다 뜨거워 온몸의 살이 불판 위에서 달구어지는 느낌이 들게 했다. 더욱이 무슨 유행가 가사처럼 한 발짝 다가서면 두 발짝 멀어지는 듄에서 나는 완벽한 패자가 되어 자꾸 밀리고 있었다. 가까스로 듄 위에 올라서면 더 큰 듄이 나타나 나를 아연실색하게 했다. 황금빛 듄과 듄 사이의 능선에서는 햇빛에 반사된 모래가 반짝이면서 바람의 방향에 따라 물결치듯 고운 결을 이루고 있었다. 나는 아득한 현기증을 느꼈다. 극렬하게 타오르는 태양과의 승부에서 나는 그렇게 맥없이 무너지고 있었다.

여기가 끝인가? 나는 어쩌자고 여기까지 와서 이런 생고 생을 자초한 것인지. 이제 원망할 사람도 없고 도와줄 사람도 없다. 몇 시간동안 이어진 빅듄과의 사투에서 만신창이가 된 나는 조금의 힘도 남아있지 않았다. 모래에 묻힌 두 발을 빼낼 기운이 없어 내 온몸은 그대로 태양 아래 익어 갔고, 나는 모든 전의를 잃어가고 있었다.

'이대로 모래에 뼈를 묻을 것인가?'

늪처럼 빠져드는 듄에서 나는 모든 생각을 한순간에 빨리고 있었다. 사막에서 죽으면 시신운반비가 얼마라고 했더라? 내 생각이 이쯤에 이르렀을 때 어디서인가 사람 소리가 들렸다. 정확하게 말하자면 나를 부르는 소리가 들리는 듯했다. 앞 뒤로 사람 그림자도 볼 수 없었던 듄의 한가운데에서 사람 소리가 그것도 나를 부르는 소리를 듣다니. 사람이 가사상태에 빠지면 헛것이 보이고 헛소리가 들린다더니 내가 그새 정신을 놓아버린 것일까? 이미 방향감각을 잃은 나는 소리의 진원지를 찾을 수가 없었다.

"헤이, 코리안 걸"

소리를 따라 정신을 차려보니 언제부터인지 나는 눈을 감고 모래에 주저앉아 있었다.

"아 유 오케이?"

얼굴이 하얀 남자가 내 앞에서 걱정스럽게 나를 내려다보고 있었다. 나는 일단 "아임 오케이"라고 말하며 엉덩이를 떼어보는데 몸이 마음처럼 움직여지지 않았다. 남자가 나를 잡아 일으켜주려는데 내 몸이 쳐지니 무게가 아래쪽으로 쏠려 단번에 일으켜 세우지는 못했다. 그러자 어느 틈에 왔는지 역시 얼굴이 하얀 여자가 "아 유 오케이?" 하고 똑같은 말을 하며 남자를 도와서 양쪽에서 나를 잡고 일으켜 세워주었다. 내가 일어섰음에도 둘은 걱정스러운 듯 자리를 못 뜨고 다시 한번 "아 유 오케이?" 괜찮은지 묻는다. 나는 역시나 "아임 오케이" 라고 답했다. 하지만 나는 전혀 오케이 한 상황이 아니었다. 보지는 못했지만 내 얼굴빛이 누렇거나 허옇거나 둘 중 하나였을 것이다.

나는 남자에게 얻어 마신 물로 정신을 차리고 기운을 조금 회복할 수 있었다. 여자가 그런 나를 보고 메디컬 차를 불러줄까 물었지만 나는 강력하게 원하지 않았다. 이제 나는 기어서라도 가야 한다. 이대로 여기서 주저앉을 수는 없다. 나는 내려두었던 배낭을 다시 짊어지면서 움직일 준비를 했다.

"헤이, 코리안 걸!"

두 사람은 여전히 나를 '코리안 걸'이라고 부르면서 쉽게 자리를 뜨지 못했다. 하지만 듄을 넘겠다는 내 의지를 꺾을 수 없다는 것을 알고 잔뜩 힘을 넣은 목소리로 '파이팅'하며 나를 응원해주었다. 응원을 받은 나는 억지로라도 미소 지으며 그들을 앞서 보내고 싶었으나 미소까지 챙길 여유는 없었다. 그들을 먼저 보내고 정신을 차려보니 눈앞에 다시 거대한 듄이 보이기 시작했다. 무리지은 수백, 수천개의 발자국이 어지럽고 난잡하게 찍혀 있는 모습도 보였다. 나는 일단 한 방향으로 몰린 발자국을 따라 걸었다.

'그래, 가보는 거야. 아직 포기하기에는 일러'

나는 내 온몸의 힘을 발에 싣고 한 발, 한 발 앞으로 나아갔다. 사막의 태양은 아직도 열기를 뿜고 듄의 위용 또한 대단했으나 다시 일어선 내 의지 또한 뜨거웠다. 나는 조금 빨리 걸어 앞서 가는 두 사람을 불렀다.

"헤이, 헤이!"

두 사람은 내가 부르는 소리를 듣고 잠시 걸음을 멈추었다. 나는 '도와줘서 고마웠어'란 뜻을 전하고 살짝 미소 지어 보였다. 그들도 내가 기운을 차린 모습에 안도하는 것 같았다. 나는 그들에게 하고 싶었던 말을 전했다.

"그런데… 나 말이야, 코리안 걸이 아니야."

그들은 처음부터 내 옷과 가방에 달린 번호표와 표식을 보고 나를 코리안 걸이라고 불렀었다. 그들은 내가 하는 말의 뜻을 제대로 이해하지 못하는 듯했다.

"나, 걸이 아니라고! 걸이 아닌 우먼이라고! 코리안 우먼!"

그래. 나는 소녀가 아닌 아줌마이다. 그것도 대한민국 아줌마야. 너희들이 아니? 옛날, 자식들 업고 걸리고 식구들 먹여 살려보겠다고 집채만한 보따리를 머리에 이고 지고 산고개를 넘나들던 한국 아줌마들을 보기나 했겠냐고. 나 이래봬도 대한민국 대표 아줌마야. 그래도 이곳까지 왔는데 한국 아줌마의 힘을 보여줘야 하지 않겠니? 그들이 내 말뜻을 이해했거나 말거나 나는 두 사람에게 파이팅을 남기고 총총 걸어갔다. 일주일간의 식량과 생존 장비가 든 배낭을 레이스 내내 메고 있으니 어깨에 심한 통증이 있었다. 골반, 허리, 무릎, 발까지 모두 아팠다. 그래도 나는 포기하지 않을 것이다. 나는 대한민국 대표 아줌마니까. 두 다리를 질질 끌고서라도 남은 빅듄을 반드시 넘을 것이다. 새롭게 오르는 각오를 다지며 나는 남아 있는 빅듄과의 한 판 승부를 준비했다.

누구나 가슴속에
자신만의 사하라를 품고 산다

47세, 동네 한 바퀴도 뛰어 본 적 없는 대한민국 평균 아줌마가 230km의 사하라 사막 마라톤을 완주했다. 일주일 동안 생존에 필요한 장비를 들고 달려야 하며 스스로 먹을 것까지 해결해야 하는 극한의 서바이벌 레이스였다.(2019년 4월 7일 ~13일까지. 모로코 사하라 사막 마라톤 34기, 대한민국에서 단 2명 참가) 마라톤이 뭔지도 몰랐다.

나는 저질 체력에 선천적으로 그럴 깡다구 하나 타고나지 못한 지극히 평범한 아줌마였다. 그런 내가 사막을 달려보겠다고 하니 사람들은 하나같이 기가 막힌 표정으로 '미쳤다'는 말부터 했다. 몇몇 사람들에게서는 '아줌마가 거기를 왜 가느냐'는 조롱 섞인 말도 들었다. 어떤 이들은 다시 한번 잘 생각해 보라고, 지금이라도 늦지 않았으니 되돌릴 수 있을 때 되돌리라는 말을 하기도 했다.

모두 맞는 말이기도 하다. 사막 마라톤 대회는 중간에 무박으로 80km를 달려야 하는 '롱데이'도 있고, 정해진 시간 내에 캠프로 들어와야 한다는 규칙도 있기 때문에 어렵고 험난한 대회인 것만은 분명하다. 그렇지만 세상 사람들이 뭐라하든 나는 나만의 사막에 꼭 가보고 싶었다. 그곳에서 내 안의 상처를 모두 털어버리고 싶었기 때문이다.

아무것도 없는 불모의 땅, 사하라 사막에서 가장 격정적이고 격렬한 일주일을 살아내고 싶었다. 대회 접수 후 6개월 동안 운동하면서 체력을 단련했고, 끝내는 모두가 말렸던 사막 마라톤에 참가하여 완주까지 해냈다. 물론 모든 과정이 순탄하지는 않았다. 사막의 밤에 고립되어 두려움에 떨기도 했고, 거대한 모래 언덕에서 길을 잃고 헤매기도 했다. 열사병으로 인해 심한 어지러움과 두통이 생겨 물 한 모금 삼키지 못할 지경에 이르기도 했었다. 그렇지만 나는 끝까지 포기하지 않았다. 포기가 떠오를 때마다 누군가 지나게 될 사하라를 떠올리며 한 발, 한 발 걷고 뛰었다. 내가 지나온 길의 흔적이 누군가에게는 '나침반' 역할을 할 수도 있다는 생각을 했기 때문이다.

사막 마라톤을 가기 전 많은 사람들이 내게 '거기를 왜 가느냐?' 질문했다. 다녀오고 나니 이번에는 내가 사람들에게 묻고 싶어졌다. 아줌마가 사막을 달렸다고 하니 '어떤 생각이 드시나요?' 하고 말이다. 사람들은 제각각 자신들이 보아온 아줌마의 모습을 떠올리며 아줌마와 사막 마라톤 사이의 연관성을 따져보았을지 모른다.

"사막 마라톤은 뭔가 특별한 사람들만이 가는 그런 대회 아니었어? 마라톤 좀 뛰어봤던지, 적어도 철인 3종 정도 하는 사람들 말이야. 그런데 그 대회가 동네 아줌마도 가서 뛸 수 있는 그런 대회였다는 거야?"

그렇다. 사람들이 무슨 생각을 하든 내가 사막을 달리고 온건 사실이니 그 어떤 생각을 해도 좋다. 다만 사람들의 생각이 여기에 머무르지 않았으면 하는 바람이다.

'아줌마가 사막을 달렸다고? 그래? 그렇다면 나도 한 번 사막을 달려볼 수 있지 않을까? 한번 해 볼만하지 않겠어? 나라고 못 달릴 건 없잖아?'

사람들의 생각이 이쯤까지 이르렀으면 좋겠다.

한 번에 완주하지 못해도 좋다. 사막 마라톤을 일곱 번이나 참여한 일본 아줌마 레나도 남편과 함께 참여한 독일 아줌마 사비나도 아이 낳고 두 달 만에 풀코스 마라톤을 뛴 싱가포르 아줌마 데니, 63세와 68세의 나이로 도전했던 영국 아줌마 앤과, 세네갈의 아줌마 바르바바도 있었다. 그들 모두 사하라를 달린 아줌마들이었다. 아줌마라고 해서 이들을 깎아내리거나 비하하려는 뜻이 아니다. 그들 모두 평범한 사람들임을 이야기하고 싶을 뿐이다.

꼭 사막이 아니어도 좋다. 누구나 가슴속에 자신만의 사하라를 품고 살고 있을 테니까. 그곳에서 상처로 켜켜이 쌓아 올린 당신 가슴속 빅듄을 넘었으면 한다. 아줌마도 달린 사막인데 못할 게 뭐가 있을까? 당신이 걷고 있는 혹은 달리고 있을 사하라를 뜨겁게 응원할 것이다.

끝으로 내 글이 과장된 무용담이 아닌 진심을 담은 마음
으로 읽힐 수 있었으면 한다. 이 글을 읽은 누군가는 자신의
가슴속 사하라를 돌아보며 지금 내가 내 안의 사하라 어디쯤
을 지나고 있는지 돌아볼 수 있는 계기가 되었으면 좋겠다.

4월 뜨거웠던 붉은 사하라의 모래바람이 당신 가슴속에도
휘몰아치기를 바란다.

2019년 11월

임 희 선

part 1

꿈 속 의 사 막 을 걷 는 다

내 삶의 가장
격렬한 일주일

　　비행기가 이륙하는 순간 옆자리의 아주머니가 내 차림새
를 보고 어디 가는 것이냐고 물었다. 나는 묵직한 배낭에, 사
막 마라톤 대회 복장과 게이터(모래가 신발 안으로 들어오는 것을 막
기 위한 보호 장비)를 박은 신발을 신고 있었다. 가지고 가는 짐을
최소화하기 위한 어쩔 수 없는 선택이었다. 사막 마라톤에 참
가하려고 프랑스를 경유해 모로코로 가는 중이라고 하자 아주
머니는 곧바로 엄지를 올려 보이며 '어쩐지 포스가 남달라 보
이더라'는 말로 격려해주었다. 그러더니 좋은 것은 나누어야
한다는 '한국식 정' 때문인지 건너건너 옆자리의 친구분들에
게 '이 분이 사막 마라톤에 간다네' 하는 소문을 냈다. 그러자
여기저기서 "와!" 하는 소리와 함께 꼭 완주하라는 응원이 쏟
아졌다. 그때에서야 비로소 나는 내가 내 삶의 최대 격전지가
될 사하라로 향하고 있음이 실감났다. 어깨에 '사하라'라는 중
압감이 실리면서 두려움과 설렘이 교차하는 순간이기도 했다.
어느 쪽 감정이 더 큰지는 나로서도 알 수 없었다.

　　처음 사하라 사막 마라톤 얘기를 꺼냈을 때, 많은 사람들

이 '거기를 왜 가?' 하는 반응을 보이기도 했다. 뜨거운 사막 한 가운데에서 달리겠다니 그런 생고생을 굳이 내 돈 내가며 할 이유가 뭐가 있느냐는 것이다. 처음엔 그 친구도 그랬다. 내가 사막을 달려보겠다고 하니, 27년 지기 친구는 어이없다는 듯 웃음부터 터뜨렸다.

"그러니까 지금 니가 어디를 가겠다고?"

친구는 도저히 못 믿겠다는 투로 한 번 더 내 말을 확인하고는 그대로 속사포 같은 말을 쏟았다.

"니가 사하라를 뛰겠다는데 굳이 말릴 이유는 없지만, 너 그럴 깡 있어? 너 깡 없잖아. 체력은 되고? 그럴 체력도 안 되잖아. 도대체 미치지 않고서야 거길 왜 가겠다는 거니?"

"그러게…."

나는 친구에게 기껏 '그러게'라는 말밖에 답하지 못했다.

'그러게… 그런데도 가고 싶은 이 맘은 도대체 뭘까?'

나도 내가 선천적으로 그런 깡다구 하나 타고나지 못한 것을 알고 있었다. 동네 한 바퀴 뛰어본 적이 없는 나로서는 사막이 어느 정도로 광활한지 가늠조차 안 됐고 그곳의 더위가 얼마나 살인적일지 상상조차 되지 않았다. 그럼에도 사막은 떨칠 수 없을 만큼 어느 순간 내 가슴 깊숙이 들어와 있었다.

'그래도 갈 거야.'

나는 그래도 사막에 가겠다는 말을 스스로에게 다짐하듯

비장하게 말했다.

"그래, 그래. 네가 가겠다면 가야지 뭐. 그런데 너 그거 아니? 내 주변에 미친년이 딱 둘이 있는데 그 중에 하나가 너라는 거."

나는 졸지에 미친년이 되고 말았다. 하기야 저질체력에 깡도 오기도 한 번 제대로 부려본 적 없이 살아온 내가 사막에서 뜀박질을 하겠다니 친구의 눈에 제정신으로 보였을 리 없다.

"너 삶의 터닝 포인트니 뭐니 하면서 새로 태어나고 싶은, 뭐 그런 기분인 거야? 그렇다면 차라리 성형외과를 가."

친구의 농담 속에는 나에 대한 걱정과 염려가 섞여 있다는 것을 알기에 '그것도 고려해 볼게'라는 말로 친구의 걱정을 덜어내며 전화를 끊었다.

친구의 말대로 이건 정말 미친 짓일까? 나는 어렸을 적 동네에서 보았던 미친 여자가 생각났다. 그녀는 항상 지나가는 사람들과 눈이 마주치면 "백 원만"을 외치며 헤픈 웃음을 흘렸다. 어느 봄날, 나는 이른 아침 심부름을 나선 길에 햇볕 아래 힘없이 앉아 있는 그녀를 마지막으로 보았다. 전처럼 웃지도 않고 눈물을 매단 채 하롱, 봄꽃처럼 사라져간 어느 봄날의 그녀가 사막을 꿈꾸듯 걸어가고 있었다.

그래, 미쳤다는 소리를 들어도 좋아. 미치지 않고서야 어떻게 삶을 뜨겁게 살아낼 수 있겠어. 이왕지사 '미친년' 소리를 들을 바에야 제대로 미친 모습을 보여주겠어. 사하라에 가는 거야. 그곳에서 가장 격렬하고 격정적인 일주일을 살아내겠어.

순간 나는 내 가슴이 거세게 뛰고 있음을 느꼈다. 격랑! 거센 물결의 소용돌이 안에 그렇게 내가 있었다.

호기심이
나를 이끌다

어렸을 적 나는 호기심이 무척 많았다. 이번에 내 호기심이 꽂힌 곳은 '사막'이었다. 내가 사막을 막연하게 동경하고 호기심의 대상으로 보게 된 것은 부모님의 영향이 크다고 하겠다. 엄마는 엄마 자신을 '사막에 갖다 놔도 살 사람'이라고 표현하였다. 나는 어려서부터 엄마에게서 이런 소리를 자주 들었는데 그때마다 '대체 사막은 어떤 곳이기에 엄마는 저런 소리를 하는 걸까?' 하는 생각이 들었다. 그런 내가 엄마의 사막을 이해하게 되었을 땐, 엄마에게 사막은 황량하고 거친 삶의 장소라는 것을 알게 되었다.

아버지가 노래 부르는 사막은 엄마의 사막과는 좀 달랐다. 나는 가끔 아버지가 노래 부르는 <페르시아 왕자> 속에서 아버지의 사막을 볼 수 있었다. 그곳에는 별을 보고 점을 치는 페르시아 왕자가 살았고 가슴에다 불을 놓고 재를 뿌리는 마법사 아라비아 공주도 살았다. 모래와 바람, 그리고 낙타…. 나는 가끔 아버지의 사막 위로 긴 꼬리 별똥별들이 하늘을 가로지르는 상상을 하곤 했다.

그렇지만 이번에 내가 선택한 사막은 엄마나 아버지의 사막과는 조금 달랐다. 그곳은 생존을 건 레이스가 펼쳐지는 극한의 사막이었다. 찾아보면 요즘은 오지 탐사전문 여행사들이 생겨나 편안히 즐기며 사막을 여행 할 수 있는 방법도 있었다. 낙타를 타기도 하고 지프로 이동하면서 모래 언덕인 듄을 구경하고 샌드보딩을 즐긴 후엔 모닥불을 피워 놓고 사막의 별을 볼 수도 있었다. 특제 소스가 발라진 양고기를 현지식으로 구워 먹고, 방목된 양의 젖을 맛볼 수도 있었다. 사막에서는 좀처럼 보기 힘든 신선한 야채를 아낌없이 곁들여 와인을 음미할 수 있었고, 원한다면 헬기를 타고 사막 전체를 조망해 볼 수도 있었다. 대부분의 사람들이 그러하듯이 나 역시도 그런 선택을 할 수 있었다. 베르베르인을 현지가이드로 삼아 그들만의 생활방식을 경험하면서 독특한 사막여행을 체험해 볼 수도 있었다. 투탕카멘의 거대한 피라미드 앞에서 낙타를 타고 포즈를 잡고 태양의 열기로 가득한 모래를 손가락 사이로 흘리며 인생샷을 남기고 있었을지도 모른다. 어쩌면 오아시스 마을에서 사막에서의 특별한 온천욕을 즐겼을 수도 있겠다. 그것도 야자수 사이로 지는 석양을 보면서 말린 대추야자를 질겅거리면서 말이다.

하지만 나는 좀 더 '특별한' 사막을 원했다. 끝없이 펼쳐진 암석과 모래 언덕을 넘으며 나 자신과 조용히 대화하기를 바랐고 험준한 바위산과 끝없는 구릉지대에서 나 자신과 벌일 사투를 기대했다. 내가 원하는 사막은 더 이상 나아갈 곳이 없는 '세상의 끝'이었다. 그 끝에서 내 자신과 오롯이 만나 울고 싶었다. 그렇게 마음 편히 울 수 있는 최적의 장소가 내겐 사막이었다. 어느 순간 내 무의식 속에 잠재되어 있던 사막이 불쑥 튀어나와 내 호기심을 자극하며 '한 번 뛰어 볼래?' 하고 낙타를 몰듯이 나를 사막으로 몰이하고 있었다.

하늘은 스스로
돕는 자를 돕는다

사하라에 가겠다고 결심했지만 무엇을 어디서부터 준비해야 할지 전혀 모르는 상태였다. 알고 있는 마라토너 한 명 없고, 주변에 모로코 사막 마라톤 대회에 관련하여 물어볼만한 사람도 없었다. 정보의 홍수 시대라곤 하지만 페이스북이나 블로그조차 하지 않는 나로서는 모든 정보에 차단된 채 나 홀로 무인도에서 한 십 년은 살다 나온 사람처럼 얼빠진 느낌이었다.

'무얼 어떻게 시작해야 하지?'

어두운 터널에서 더듬더듬 입구를 찾아 헤매는 심정으로 도움이 될만 하거나 도움을 줄 수 있는 사람들부터 찾아봐야겠다는 생각이 들었다. 먼저 인터넷의 동영상 사이트에서 사하라 사막 마라톤을 검색해 보았더니 다녀온 사람들이 올린 짧은 영상이 몇 개 있었다. 그렇지만 내가 찾는 대회 기간이나 접수 방법 등과 관련된 것은 알 수가 없었다. 또한 가장 궁금한 대회 준비와 비용, 필요한 장비와 구입처, 필수 품목 등은 나와 있지 않았다. 인터넷으로 '사하라 사막 마라톤'을 검색해도 다녀온 사람들의 기사나 후기가 종종 올라있을 뿐 그런 글들 또한 내가 알고자 하는 정보와는 거리가 먼 것들이었다. 지푸라기라도 잡는 심정으로 대회에 다녀온 사람들을 취재한 신문사와 기사를 쓴 기자에게 연락을 해보았으나 신문사는 잘 모르는 내용이라 답변해 줄 수 없다고 하였고 관련기사를 썼던 기자는 현재 신문사를 그만두어 연락처를 가르쳐 줄 수 없다고 하였다.

사방이 꽉 막힌 막다른 길에서 앞이 보이지 않는 거대한 벽을 만난 심정이었다. 마음에서 서서히 조급증이 일기 시작했다. 결국 혼자 헤매다가 정보에 해박하고 컴퓨터에 능한 주변의 한 지인에게 도움을 청하게 되었다. 그리고는 두 주 이상의 시간이 흘렀다. 믿고 의지한 지인에게서는 연락이 없었고, 나는 다른 방법을 찾아야겠다는 생각이 들었다. 내가 두 번째로 생각해낸 방법은 사하라 사막 마라톤에 참가했던 사람들이 쓴 책에서 정보를 얻는 것이었다. 그러나 책 또한 출판된지 오래된 것들이 많아 서점에서 구입할 수 없는 책들이 대부분이었고 그나마 최근의 것이라 해도 절판되어 구입할 수 없었다. 나는 다른 사람에게 부탁하여 어렵게 세 권의 책을 구입했다. 그리고 책을 받자마자 워낙 기대하고 기다렸던 책이라 짧은 시간동안 밤새워 세 권의 책을 다 읽었다. 책에서 완주자들의 연락처가 되는 이메일 주소와 여러 정보들을 얻을 수 있었지만 도움을 바라며 이메일을 보내도 답이 없었고 그나마 책에서 알려준 모로코 사하라 사막 마라톤 관련 아시아 쪽 홈페이지는 폐쇄되어 도움을 받을 수 없었다. 그나마 있는 정보도 잘못된 것이 많아 전혀 도움이 되지 않는 것도 있었다. 사하라 사막 마라톤은 크게 '이집트 사하라 사막 마라톤'과 '모로코 사하라 사막 마라톤'으로 구분되는데 한국 서포트 회사가 있는 이집트 사하라 사막 마라톤에 관한 정보는 많은 편이나 내가 가고자 하는 모로코 사하라 사막 마라톤에 관련된 정보는 오류 정보거나 또는 정보 자체가 이집트 사막 마라톤에 비해 거의 없는 수준이었다. 이집트 사하라 사막 마라톤은 미국의 '레이싱 더 플래닛Racing the planet'에서 주관하고 한국에 후원을 해주는 스포츠 에이전시가 있어 정보 얻기가 훨씬 수월했다. 그렇지만 불안한 이집트 정세로 몇 해 동안 사하라가 아닌 나미비아의 나미브 사막으로 대회 장소를 옮겼고 모로코 사하라에 비해 참여 인원수가 비교될 수 없을 만큼 적었다. 대회의 수준이나 대회 방식은 두 대회가 상당 부분 비슷했지만 나는 주저 없이 모로코 사하라 사막 마라톤을 택했다.

내가 달리고 싶은 곳은 아프리카의 서북부 사하라였다. 모로코 사하라 사막 마라톤은 매회 1,000여 명의 많은 인원수가 참여하고 있으며 의료진이나 대회 운영위원들의 숫자만 보더라도 세상에서 가장 안전한 사막 마라톤 대회라고 자부할 만

했다. 나처럼 집 근처에서 조금만 벗어나도 동서남북 방향 구분을 못하는 길치가 사막에서 길이라도 잃으면 어쩔 것인가? 대회 참여 인원수가 많다는 것은 그만큼 내 주변으로 많은 사람들이 있다는 뜻이 되니 길을 잃고 고립될 확률이 적음을 의미하기도 한다. 나는 망설임 없이 모로코 사하라 사막 마라톤을 택했다.

그러나 문제는 모로코 사하라 사막 마라톤은 주최국이 프랑스여서 한국 서포트 관련해서 그 어떤 도움도 바랄 수 없으며 모든 준비는 대회 접수부터 대회비 송금까지 모든 정보를 스스로 알아서 해결해야 한다는 것에 있었다. 나처럼 영어 실력도 짧고 불어도 안 되고 게다가 컴퓨터 활용능력까지 떨어진다면 산 넘어 산을 만나는 격이다. 그러나 어찌하겠는가. 내가 달리고픈 사막은 나미브가 아닌 사하라 사막인 것을. 안타깝게도 나는 멀고 험한 길을 스스로 헤쳐나가야 했다.

모로코 사하라 사막 마라톤을 준비하며 정보를 쉽게 얻을 수 없어 고생도 했지만 특히 사람에 대한 실망은 나를 더욱 힘들게 했다. 왜 그런 생각을 했는지 모르겠지만 나는 대회를 준비하며 먼저 다녀온 분들께 도움을 청하면 그 분들이 선뜻 도움을 주리라 기대하고 있었다. 하지만 내 생각과는 다르게 어느 누구도 도움을 주려고 하지 않아 나는 이런 상황이 오히려 당황스럽기까지 했다. 내가 바랐던 건 그렇게 큰 도움만은 아니었다. 그저 '할 수 있을 것'이라는 한 마디, '힘내'라는 말 한 마디면 큰 힘이 될 수 있었다. 때로는 수많은 말보다 내가 가고자 하는 길을 먼저 가보았다는 이유만으로도 그 사람은 내게 빛이 되고 희망이 되어주기도 한다. 그러나 현실은 녹록치 않았다. 누구보다도 지금의 이 막막함과 답답함을 더 잘 알아주리라 여겼던 그들이기에 외면하는 그들의 모습에서 나는 큰 상처를 받고 말았다.

당시 나는 모로코 사하라 사막 마라톤에 공식 홈페이지가 있다는 것도 모르고 있었다. 그 홈페이지를 통해 참가 신청을 하고 대회비를 정해진 날까지 해외로 송금해야 한다는 것도 몰랐다. 나중에 대회 참가자들의 모임을 통해서 안 사실이지만, 이렇게 무턱대고 찾아오거나 연락을 해오는 사람 중에는 열심히 답을 해주어도 고마워하기는커녕 자신이 원하는 정보를 제대로 알려주지 않는다면서 화를 내고 욕을 하는 사람도 있고 기껏 시간을 내서 알고 있는 모든 정보를 주었다 해도 듣고 가서 대회를 접수했다는 것인지 말았다는 것인지 연락도 없었다고 한다. 오히려 도움을 준 쪽에서 이후의 상황이 궁금하여 연락을 해보면 "아! 그거요. 안 가기로 했어요." 하는 말로 도와준 사람을 어이없게 만드는 경우도 많았다고 한다. 그러니 참가자들의 도움을 받기란 쉬운 일이 아니었다.

첫 번째 도움을 거절당한 이후에도 개인 블로그에 쪽지를 남기기도 하고 이메일을 통해 도움을 청하는 글을 남기기도 하면서 참가자들의 도움을 받아보고자 했지만 어느 누구한테서도 답변은 오지 않았다. 대회가 다음 해 4월 초라는 것을 알고 있었으나 접수 방법이나 시기는 구체적으로 알지 못하고 있었기에 마음은 더욱더 초조해져 갔다. 그러다가 인터넷에서 모로코 사하라 사막 마라톤 아시아 조직위원장을 맡고 있던 장진수 님의 연락처를 알게 되었다. 이번 역시 간절한 마음으로 메시지를 남겨놓기는 했으나 매번 드는 실망감에 마음이 몹시 무거운 상태였다. 그렇게 얼마의 시간이 지났을까? 장진수 님의 부인으로부터 연락이 왔다. 나는 그동안의 어려움을 이야기하며 도움이 절실하다는 뜻을 전했다. 마침 장진수 님은 해외 출장 중이니 돌아오는 대로 연락을 주겠다며 기다려 보라고 했다. 나는 도움보다도 그 분이 내 이야기를 들어주고 내가 느낀 어려움에 공감해주는 것이 더욱 고마웠다. 장진수 님의 부인은 나를 알아봐준 첫 번째 서포터였으며 그토록 원하던 사하라에 첫발을 내디딜 수 있도록 해준 감사한 분이다. 며칠 후 장진수 님에게서 연락이 왔고 모로코 사하라 사막 마라톤 참가자들의 모임에 나를 소개해 주었다.

수많은 선배들이 지켜봐 준다는 것이 이렇게 신나고 힘이 되는 일인지 예전에는 미처 몰랐다. 나는 마치 혼자 전투에서

고군분투하던 중 이제 막 지원군을 맞이한 느낌이었다. 어깨에 잔뜩 힘이 실리며 '아, 이제 살았구나' 하는 기분이 들었다. 나는 그날의 소감을 어둔 밤 혼자서 길을 잃고 헤매다가 같은 길을 걷고 있는 사람들을 만난 기분이라고 표현하고 싶다. 그때에서야 비로소 내가 들어선 길을 제대로 걸어 볼 용기가 생긴 것이다.

길이 되어준
사람들

　장진수 님의 도움으로 인터넷 단체 대화방에 초대된 이후 나는 선배들에게 많은 도움을 받았다. 모로코 사하라 사막 마라톤의 공식 홈페이지의 절차대로 대회 접수를 한 상태이기는 했으나 전부 불어 또는 영어로만 진행되어 앞으로의 진행상황에서도 선배들의 도움이 꼭 필요한 상황이었다. 해외 송금 역시 처음 해보는 일이라 내게는 모두 낯설고 어색한 일들 투성이었다. 그런 내게 하나하나 조언해주고, 궁금한 것에 답해주고, 불안하고 조급했던 마음까지 다독여준 사람들이 지금의 모로코 사하라 사막 마라톤 선배들이다. 선배들은 해외 송금부터 장비, 운동법 등 사막 마라톤 관련 모든 준비 상황을 지켜봐주고 더 나은 방향과 방법 등을 소개해주면서 수많은 응원과 격려로 내게 큰 도움을 주었다.

　자신의 경험을 써놓은 블로그를 소개해주거나 완주기를 보내주어 상세한 정보를 얻을 수 있게 해준 선배, 같은 지역에 살고 있다며 나를 찾아와 밥까지 사주며 응원의 마음을 전해준 선배도 있었다. 또한 자신도 전문 마라토너가 아닌데 완주했으니 포기하지 않고 '끝까지 해내겠다'는 의지만 있으면 잘 해낼 것이라고 격려해준 분도 있었다. 그리고 코펠, 물통, 가방부터 비싼 침낭까지도 선뜻 빌려준 선배, 자신들의 실패담과 성공담을 얘기해주며 힘든 고비를 어떻게 넘겨야 할지 세세히 예행연습을 시켜주던 선배들에 이르기까지, 다 옮기기도 어려울 정도로 수많은 도움과 격려, 조언과 응원을 받았다. 나는 그제야 마음이 놓이며 막막하던 길이 조금씩 밝아 보이기 시작했다.

그동안 인터넷 대화방에서만 인사했던 선배들과 2018년 12월 1일 연말 모임에서 처음 인사를 나누었는데, 그날 모로코 사하라 사막 마라톤 모임의 이한구 회장님을 비롯 여러 선배들과 직접 인사하며 첫 대면을 할 수 있어 무척 기뻤다. 그날의 감동을 나는 대화방에 이렇게 남겼다.

"토요일 송년 모임에 잘 다녀왔습니다. 선배님들과 인사하고 조언도 듣고 왔습니다. 뵙지 못한 선배님들 다음번 모임에서 반갑게 볼 수 있었으면 합니다. 제가 선배님들의 조언을 하나하나 놓치지 않으려고 메모하니까 어느 선배님이 그러시네요. 저 정도 열의라면 해내겠다고요. 물론 열의만으로 해낼 수 없는 일이라는 것 잘 알고 있습니다. 하나하나 열심히 준비해보겠습니다. 혼자일 때의 막막함으로 두렵고 힘들었는데 이제 응원해주고 지원해주는 선배님들이 있어서 얼마나 든든하고 힘이 나는지 모릅니다. 내가 무얼 안 해도 사막에 먼저 다녀온 사실만으로도 누군가에게는 빛이 되고 길이 되어주고 있다는 사실 알아주셨으면 해요."

이후에도 선배들은 대회 기간 내내 끊임없는 응원을 보내주었다. 학연도 지연도 그 무엇도 아닌 오로지 사막 마라톤을 먼저 다녀오고 나중 다녀왔다는 인연만으로 맺어진 사람들…. 그들은 내게 보이지 않는 길에서 직접 '길'이 되어준 사람들이다.

사직서를
내고

사하라 사막 마라톤을 준비한다고 주변에 얘기하니 반응이 두 가지로 나뉘었다. 보통 20~30년 이상 나를 좀 안다 하는 친구들은 하나같이 잘하고 오라는 진심의 격려와 응원을 보내주었다. 나를 잘 알기에 말려도 소용없다는 것을 안 것 같다. 그리고 속속들이 나를 잘 모르는 직장 동료나 주변 지인들은 하나같이 내가 농담을 한다고 생각하는 듯했다.

직장에 얘기해서 장기휴가나 대체근무 같은 문제를 해결해놔야 할 것 같아 말을 했더니 "뭐라고요? 어디를 간다고요?"가 첫 질문이다. 이어서 "거기를 왜 가는데요?"가 두 번째 질문이고 "그건 그때 가서 나중에 다시 얘기하자"는 게 세 번째 반응이었다. 아마도 저러다 말겠지 하는 것 같았다.

어찌 됐든 이미 주사위는 던져졌고 활시위는 당겨졌다. 혼자 조용히 다녀와도 될 일이지만 그러다가 혼자 조용히 포기하고 접을 것 같아 몇몇의 가까운 지인들에게 다짐하듯 얘기까지 해놓았으니 이젠 안하겠다는 소리도 못하게 생겼다. 일단 죽더라도 가서 죽어야 할 판이었다. 한두 살 어린애도 아니고 애들 장난도 아닌데 한다고 했다가 안 한다고 할 수도 없는 노릇이다. 이제 나는 2019년 4월, 사하라에서 죽어도 고Go!를 외치며 달려야만 했다. 그런 결심으로 대회를 한 달 앞두고 다니던 직장을 그만두었다.

처음에는 직장과 운동을 병행하며 계속 일할 생각도 있었지만 아무래도 운동과 대회 준비에만 올인 할 시간이 필요했고 복잡한 머리를 비워내고 싶기도 했다. 사하라를 다녀오면 새롭게 하고 싶은 일이 생겨날 것 같아 하던 일을 정리하자는 쪽의 결론을 냈다. 사직서를 내고 온 날, 운동 중 바라본 달이 괜스레 스산하게 다가왔다.

'오늘밤 바라본 저 달이 지금
사하라에도 떠있겠지?' 하는 생각이 들면서
'나의 사하라'가 이제 멀지 않은
내 가까이로 다가와 있음을 느꼈다.

운동을
시작하다

　2018년 10월 10일 대회 접수 후 이틀 뒤에 첫 운동을 시작하였다. 운동을 시작하기 5개월 전부터 등산을 가끔 다녔는데 그 정도가 내가 하던 운동의 전부라서 솔직히 어디 가서 '운동하던 사람'이라고 말하기는 어렵다. 그렇지만 타고난 근성으로 한 번 시작하면 끝을 보는 성격이라 운동을 시작한 이후 6개월간 기초체력부터 차근차근 쌓아나가 대회 가까운 때에는 10kg이 넘는 배낭을 메고 30km를 5시간 정도에 걸을 수 있는 체력으로 다져놓았다.

　운동을 시작하면 항상 가벼운 스트레칭으로 몸을 풀었고 나머지 시간은 주로 빠르게 걷는 운동을 하여 하체 근력을 키우고 기본체력을 강화할 수 있도록 하였다. 처음에는 남들이 뛰니 나도 뛰어야겠다는 생각에 뭣도 모르고 뛰기부터 시작해 양측 무릎에 측부인대염이 오고 발목에는 염좌가 생겨 무척 고생하였다. 그 후 내게 맞는 운동을 해야겠다는 생각으로 연습량을 조절해 나갔다. 이왕 시작했으니 죽든 살든 사하라까지 한 번 가봐야 하지 않겠나 하는 생각으로 한 달 안에 연습용 운동화가 다 닳도록 운동을 했다.

사실 '동네 한 바퀴 뛰어 본 적이 없는 체력으로 사막 마라톤을 완주하는 것이 가능하냐'를 묻는다면 그 누구도 '그렇다, 아니다'로 장담할 수 없다고 본다. 내가 딱 그런 상태였기 때문이다. 또 하나, 누군가 사막 마라톤을 뛰기 위한 가장 좋은 운동법을 가르쳐 달라고 한다면 나는 '그런 운동법은 없다'고 말해줄 것 같다. 모든 것은 몸으로 겪어가며 오로지 내 경험에 의존하여 조금씩 수정하고 방법을 찾아가는 수밖에 달리 방법이 없기 때문이다. 남들에게 물어본다 한들 그들과 나는 타고난 체력도 다르고 몸상태도 다르기 때문에 아무리 좋은 방식을 알려준다 해도 나에게 맞지 않으면 소용없는 것이 되고 말기 때문이다. 정해진 운동법은 없다. 더디고 힘들더라도 내 페이스에 맞게 나를 단련해 나가는 것이 나에게 맞는 가장 좋은 운동법이다.

나는 사막 마라톤을 준비하면서 운동을 통해 '운동만큼 정직하게 나를 표현하고 보여줄 수 있는 것이 없다'라는 것을 알게 되었다. 운동을 게을리하여 안 하면 안 한 만큼 금방 표가 났고 운동을 열심히 하면 하는 만큼 체력이나 몸이 그만큼 좋아졌다. 결과가 바로바로 보이니 마냥 게으름을 부리고 어떻게든 되겠지 하는 마음을 먹을 수가 없었다. 운동에서 그런 요행은 통하지 않는다.

사막을 가려면 운동을 하는 것이 맞고 사막을 가지 않으려면 살던 대로 살면 그만이다. 어떤 선택을 하든 그건 나의 자유이자 내 책임이었다. 그렇지만 운동을 하고자 독하게 마음을 먹었어도 내 의지를 꺾는 방해 요인이 생겨나 곤혹스러울 때도 많았다. 발바닥과 발가락 사이에 생겨난 물집이 그랬고, 때아닌 부상도 그랬다. 하다못해 날씨도 도움을 주지 않는 때가 많았다. 늦가을부터 겨울, 봄까지 이어진 황사와 미세먼지 또한 운동을 방해하는 큰 요인이었다.

날씨가 좋지 않을 땐 러닝머신으로 20km이상 달렸다. 하지만 실제 운동 강도로 보면 실외에서 10km를 뛰는 것만도 못했다. 러닝머신은 벨트가 자동으로 돌면서 바닥을 밀어주니 온전히 내 힘으로 뛰고 걸어야 하는 실외에서의 운동량을 채우지 못했다. 또한 러닝머신은 속도를 6이나 7로 맞추어 일정한 속도를 유지할 수 있도록 해주지만 실외에서 그 속도를 한 치의 오차 없이 유지한다는 것은 불가능한 일이다. 그러므로 사막 마라톤을 준비하려면 실외에서 운동을 해봐야 한다는 게 내 결론이다. 사막 마라톤은 러닝머신 위에서 하는 운동이 아니므로 실외에서의 운동은 필수이다. 러닝머신은 체력을 키우는 데는 도움이 되지만 실제 마라톤에는 그다지 큰 도움은 안 된다. 이것이 '미세먼지 나쁨'에도 불구하고 실외운동을 강행해야 하는 이유이다. 모든 날을 실외운동을 해야 하는 것은 아니지만 실전 감각을 익히려면 어쩔 수 없이 '미세먼지 나쁨'을 뚫고 틈틈이 실외로 나가 운동을 할 수밖에 없다. 이런 날 운동을 하고 나면 코와 목이 몹시 칼칼해졌다. 추워진 날씨 속, 실외운동을 하고 콧물을 훌쩍이면서 젖은 옷 안으로 한기를 들이며 귀가하는 길에는 꼭 이런 생각이 들곤 했다.

'이거 누가 시키면
절대 못할 일이다. 암만!'

혼자라고
누가 그래요

모로코 사하라 사막 마라톤 34기를 준비하던 2018년 11월 중순까지만 해도 나는 한국 참가자가 나 혼자인 줄 알았다. 그전까지만 해도 대회 공식 홈페이지에는 한국 참가자가 혼자 접수되어 있었다. 대회 준비를 도와주는 선배들이 있었지만 나 혼자라는 것은 굉장한 부담이었다. 아무래도 말이 통하지 않는 외국 선수들보다는 같은 한국 사람이 있다는 게 서로 의지도 되고 좋을 것 같았다. 간절한 기다림으로 한국 선수의 등록을 기다렸지만 2019년 대회를 함께 뛸 '동기'는 쉽게 나타나지 않았다.

그러던 중 2018년 11월 20일 선배들과의 단체 대화방에서 34기를 함께할 동기를 알게 되었다. 그날 나는 인터넷의 단체 대화방에 대회 준비와 상황을 이야기하며 얼마 남지 않은 대회에 대한 부담감을 이야기하고 있었다. 그중 가장 큰 부담인 한국에서의 단독 출전을 걱정하고 있었다. 몇 해 전 정말 여자 혼자 대회에 출전한 때가 있었다는 선배들의 말을 듣고는 이번 기수가 그렇게 되는 것은 아닌지 더욱 걱정이 된다고 이야기했다.

그때 '누가 그래요? 혼자라고? 저도 있는데' 하며 나타난 사람이 세훈이었다. 그 순간의 반가움과 기쁨을 무엇에 견주어 말할 수 있을까. 나는 함께할 동기가 생겼다는 사실만으로 세상 모든 것을 다 가진 기분이 들었다. 세훈이는 2000년 생으로 고3 졸업을 앞두고 있었다. 많은 나이 차이로 편하게 '이모'라고 부르라고 했더니 금방 '이모, 이모' 하면서 친근함을 표현하는데, 타고난 성품 자체가 밝고 싹싹하고 명랑한 친구였다. 생각할수록 '고맙고 감사한 인연이구나' 싶었다.

세훈이는 비록 어린 나이이기는 했지만, 대한산악연맹의 정회원 소속으로 그동안 인도 라다크, 티베트 니엔칭탕굴라 치즈 봉, 네팔 텐트피크와 안나푸르나, 초오유, 일본 북알프스, 중국 쓰구냥, 파키스탄 낭가파르바트 등을 등반한 경험이 있었다. 사막 마라톤 대회는 이번이 처음이지만 지금껏 많은 대회와 해외 원정 등반을 거치며 다져온 체력이라 이번 대회에서의 완주도 큰 무리는 없어 보였다. 대회에 참여하게 된 계기를 물으니 함께 원정을 하였던 형이 사막 마라톤 대회에 참여한 적이 있어 대회에 관한 이야기를 들었고 그때 사막 마라톤에 관심이 생겨 진짜 아프리카의 사하라 사막에서 트레일 러닝을 하면 좋겠다는 생각이 들었다고 했다. 처음에는 '4 Deserts' 대회에 참가하려고 하였는데 아직 나이가 어리다는 이유로 대회 본부 측에서 참여를 거절하여 방법을 계속 찾다가 모로코 사하라 사막 마라톤 측으로부터 '나이는 중요한 게 아니야Your age is not important'라는 답을 듣고 이쪽으로 참여하게 되었다고 했다. 그리고 이번 사막 마라톤은 처음부터 영상을 찍는 것이 목표라 대회의 기록에는 크게 신경을 쓰지 않겠다고 했다. 사람들이 '사막을 왜 가느냐?'고 묻는다면 세훈이는 아마 이렇게 대답했을 것이다. '그저 사막을 보고 그 자체를 즐기고 싶어서요'라고.

나는 아직도 세훈이를 처음 보던 때를 잊지 못한다. 2019년 4월 3일 모로코 사막 마라톤 34기의 첫 집결지인 프랑스 샤를 드골 공항으로 가기 위해 나는 가장 빠른 프랑스 직항을 선택해 출발하였고 세훈이는 중동 쪽을 경유하는 좀 더 싼 항공편을 이용하느라 나보다 하루 전 출국하였다. 그러니까 우리가 처음 본 날은 세훈이가 출국하는 4월 2일의 하루 전인 4월 1일 늦은 저녁때였다. 우리 집이 공항에서 가까워 대구에서부터 출발한 세훈이에게 출국 하루 전날, 우리 집에 들러서 자고 다음 날 출국하라고 했다. 그날, 세훈이는 그냥 보기에도 족히 50kg은 넘을 것 같은 카고백을 메고 지하철역의 계단을 올라오고 있었다. 사실 계단의 위쪽에서 바라보면 사람은 안 보이고 커다랗고 빨간 카고백이 계단을 올라오는 것처럼 보였다. 세훈이는 사하라 사막 마라톤 이후에도 이탈리아를 거쳐 해외에서 장기간 머무르다 돌아올 예정이어서 출국할 때 가지고 가는 짐이 많았다. 그 무겁고 커다란 짐을 메고 씩씩하게 걷는 모습을 보고 '참 대단한 녀석인걸!' 하는 생각이 들었다. 세훈이는 대회 경비도 아르바이트와 후원만으로 충당했다. 나이는 어려도 정말 멋진 녀석인 것만은 분명하다.

part 2

사
하
라
로 가
는
길

프랑스에
도착하다

호텔 밀레니엄은 샤를 드골 공항에서 자동차로 20분쯤 떨어진 곳에 있었다. 인천공항을 출발하여 프랑스 샤를 드골 제2터미널에 도착하여 'Bagage claim'이라고 쓰인 표지판을 따라서 나가면 짐 찾는 곳이 나오고 이곳을 지나면 공항 밖으로 나갈 수 있다.

인천공항을 출발한 지 12시간 만에 도착하여 셔틀버스를 타고 마지막 정류장인 호텔 밀레니엄에 도착하였다. 몇 번의 해외여행 경험이 있기는 했으나 혼자서 하는 해외 출국은 처음인지라 제대로 출국장을 빠져나올 수 있을지 걱정되었다. 마치 해외로 처음 나가는 초등학생이 된 기분이었다. 그렇지만 먼저 도착한 세훈이가 이런 나를 배려해서 공항까지 픽업 나와 준 덕에 쉽게 호텔까지 이동할 수 있었다.

원래 모로코 사하라 사막 마라톤의 첫 공식 일정은 4월 5일 프랑스 샤를 드골 공항에서 오전 6시 집합하여 아침 8시 20분 전세기를 타고 모로코 와르자자테 공항으로 이동하는 것으로 시작된다. 여러 상황을 종합하여 볼 때 대회 일정을 고

밤의 꽃향기는 이국의 풍경을 낯설게 하며
묘한 설렘과 긴장감을 주었다.

려하여 샤를 드골 공항에 하루 전 도착하기를 원하였지만 프
랑스와 한국의 7시간 시차로 인해 다시 한국을 출발한 날로
되돌아와 그날 오후 6시쯤 그러니까 대회 이틀 전에 샤를 드
골에 도착할 수밖에 없었다. 나와 세훈이는 같은 밀레니엄 호
텔에 머물기로 했고 우리는 다음 날 프랑스에서의 일정을 함
께하기로 하였다. 우리는 체크인을 하고 7시쯤 호텔 근처로 나
와 저녁으로 피자를 먹고 잠시 숙소로 돌아오는 길에 근처를
돌아보았다. 인천공항을 출발할 때 꽃샘추위로 아직 꽃이 피
기에는 이른 감이 있었는데 프랑스에는 꽃이 피어 있었다. 밤
의 꽃향기는 이국의 풍경을 더욱 낯설게 하며 묘한 설렘을 일

으켰다. 그것은 일종의 '긴장감'을 동반하기도 하였다.

　호텔에 돌아온 후 나는 이 긴장감으로 인해 밤새 잠을 이루지 못했다. 원래 잠자리가 바뀌면 잠을 자지 못하는 예민한 성격이라 수면유도제를 준비해왔지만, 파리에서의 첫 밤은 쉽게 진정이 되지 않았다. 모든 감각이 열려 있었다. 방 안의 공기마저도 어제와는 다른 이물감이 느껴질 정도였다. 어둠에 의해 모든 것이 정지된 것처럼 보였으나 실제로는 내 주변의 모든 것이 빠르게 변화하고 움직이고 지나가고 있음을 느꼈다. 어느덧 나의 시간은 역행하여 흐르고 있었다. 지나온 시간들을 지나 지금의 나까지 모든 생각이 돌고 돌았지만 결국 그 생각의 끝에는 '사하라'가 있었다. 이제 나는 내가 그토록 원하던 사하라를 목전에 두고 있구나 하는 생각과 함께 바짝 다가온 기대와 두려움으로 끝내 프랑스에서의 첫 밤을 뜬눈으로 지새우고 말았다.

뜻밖의
소식

다음날 나와 세훈이는 파리 시내를 돌아보기로 하였다. 모로코 사하라 사막 마라톤까지 이제 하루가 남아 있었고 5일 새벽 6시에 샤를 드골 공항의 제3터미널에서 전세기를 타기 위해 집합해야 하는 것이 공식 일정의 첫 스케줄이었다. 우리는 파리 시내를 돌아보기 전에 먼저 호텔의 셔틀버스를 이용하여 샤를 드골 공항에 간 후 집합 장소인 제3터미널의 위치부터 확인해보기로 하였다. 자칫하여 중간에 어떤 실수라도 생긴다면 최초 모임 장소와 시간을 어기게 되는 낭패를 볼 수 있기에 미리 확인하여 그런 실수를 미연에 방지하고자 함이었다.

샤를 드골의 공항은 안내가 친절한 편이어서 전날 내린 제2터미널에서 제3터미널로의 이동은 그다지 어렵지 않았다. 제2터미널에서 무료 열차인 경전철Cdgval을 타고 제3터미널로 이동 후 대회용 공식 전세기를 타는 곳을 확인하면 됐다. 우리는 제3터미널의 위치와 모임 장소를 확인한 후 파리 시내 관광에 나섰다. 예정대로라면 에펠탑부터 시작하여 센강변으로 이동한 후 노트르담 성당과 개선문, 루브르 박물관을 거쳐 샹젤리제 거리 등을 둘러볼 계획이었다. 좀 더 시간이 된다면 근처의 몽마르트 언덕과 사크레쾨르 대성당, 엘리제궁까지도 욕심을 내어 볼 만했다. 모든 명소가 개선문을 중심으로 오밀조밀 모여 있고 이동 거리가 짧아 바쁘게 움직이면 몸은 피곤하겠지만 이 모든 명소를 다 돌아보는 것도 가능했다. 나는 생애 첫 파리 여행을 앞두고 있었다.

　그때 국제 로밍 전화가 걸려왔다. 에펠탑을 보러 가기 위해 버스로 이동하는 중이었다. 평소 저장되지 않은 번호는 잘 받지 않는 편이지만 낯선 번호임에도 그 순간 전화를 덜컥 받고 말았다. 집 근처 종합병원에서 걸려온 전화였다. 엄마가 머리를 다쳐 뇌진탕으로 응급실에 내원하셨고 CT를 찍어보니 뇌출혈이 있어 중환자실에 입원하셨다는 내용이었다. 뇌출혈 양이 많아 아침에 담당 의사가 확인 후 수술을 할 수도 있다는 소식에 나는 눈앞이 아득해졌다. 시골집에 계시는 엄마에게 집안일을 부탁하고 온 참이어서 마치 사고가 나로 인해 일어난 것만 같은 생각이 들었다. 내가 그런 부탁만 하지 않았어도 일어나지 않았을 일이었다고 생각하자 속상한 마음이 더했다. 나는 언니에게 전화해서 자세한 상황을 전해 듣고 모든 뒷수습을 부탁했다. 언니는 엄마의 사고 소식에 당혹해하면서 지금 고3을 둔 엄마가 마라톤을 뛰겠다고 사막에 가 있는 게 제정신이냐며 나를 나무랐다. 나는 그저 말없이 언니의 말을 듣기만 했다. 갑작스러운 엄마의 사고 소식으로 나는 프랑스에서의 두 번째 밤도 거의 잠을 이루지 못했다.

잠자리에 누우니 더욱 엄마 생각이 났다. 대회 참가 6개월 전 접수신청을 해두고도 대회에 관한 어떤 얘기도 하지 못했다. 최대한 말할 기회를 미루다가 출발 두 달 전쯤에서야 겨우 말할 수 있었는데 엄마의 반응은 의외였다.

"그래, 이왕 가기로 한 거, 몸 건강히
잘 다녀오고 다치지만 말고 와.
엄마도 너 나이였다면 그런 대회에
한 번 나가봤을 거야.
내 딸 멋지다. 사막을 뛰다니!"

엄마는 한 번도 그곳에 왜 가느냐고 묻지 않았고 가지 말라는 말도 하지 않았다. 그러고 보면 내가 무얼 해보겠다고 했을 때 엄마는 한 번도 반대하지 않았다. 항상 하는 말씀이 '네가 가볍지 않은 아이인데 네가 그 정도 생각했으면 그만한 이유가 있을 것이다.'라는 말로 항상 나를 믿어 주었다.

내게 사막 마라톤 얘기를 처음 들었을 때에도 엄마는 반대 없이 홍삼 한 통과 편지 한 장을 전해주었었다.

'사랑하는 내 딸 보아라. 이 홍삼 엑기스는 저 멀리 전라도

에서 가마솥에 넣어 고아 온 것이다. 홍삼과 좋은 약재는 다 들어간 귀한 거니까 아침, 저녁으로 꼭꼭 챙겨 먹고 힘내서 대한민국 건녀健女가 되어 완주하고 건강한 몸으로 돌아오길 두 손 모아 엄마가 빈다. 사랑하는 내 딸에게 엄마가'

그 한 밤, 떠오르는 엄마의 편지로 인해 나는 잠 한숨 자지 못했다. 사춘기 이후 엄마에게 고운 소리로 말해 본 기억이 없다. 엄마에게 항상 퉁명스런 태도와 말로 엄마 가슴에 대못만 박아온 못난 딸이었다. 어린 시절 나를 가장 힘들게 한 건 부모님의 이혼이었고 그에 대한 모든 원망을 엄마에게 두고 있었다. 당연히 엄마에 대한 감정이 좋지 않았고 늘 대들고 퉁퉁거리는 것으로 그 마음을 표현해 왔다. 그렇다고 마음대로 미워할 수도 없는 엄마였다. 그런 엄마가 지금 중환자실에 누워 있었다.

새벽 5시 20분 샤를 드골 공항으로 이동하는 버스 안에서 엄마 생각에 눈물이 흘렀다.

'엄마 잘 버티고 있는 거지? 나도 잘 버틸게. 아무리 힘들어도 잘 버티고 이겨낼게. 그러니 엄마도 잘 버티고 있어야 해.'

버스 창밖의 희부윰한 어둠이 가로등 불빛에 부서져 내리고 있었다. 나는 새벽의 파리를 지나 낯선 사하라로 향해 갔다.

내가 사막 마라톤에 간다고 말했을 때, 엄마는 "나도 젊었다면 그런 데 한 번 가봤을 거야"라고 말했다. 가서 엄마 몫까지 뛰고 오라던 하루 전 엄마의 음성이 고장 난 재생 버튼처럼 울리고 또 울려 나왔다.

마담,
진정하세요

다행히 엄마는 밤사이 뇌출혈이 멈추었고 약물로도 치료 가능할 만큼 상태가 호전되었으며 중환자실에서 일반 병실로 옮길 것이라는 소식을 들려주었다.

4월 5일 새벽 6시 프랑스 샤를 드골 공항에 집합하여 오전 8시 20분 대회 전용 모로코 와르자자테 행 전세기를 타는 것으로 2019년 모로코 사하라 사막 마라톤 34기의 공식 일정이 시작되었다. 분명 이메일을 통한 공식 안내서에는 샤를 드골 공항에서 오전 6시 집합이라고 쓰여 있었는데 어디에서든지 지각생은 꼭 있는 법인지라 사람들은 7시가 넘어서까지도 계속 모여들었다.

덕분에 일찍 도착한 나는 모든 준비를 마치고 대기 상태로 앉아 34기 참가자들을 관전할 기회를 얻었다. 샤를 드골 제3터미널은 어느새 대회 전용기를 타기 위해 전 세계에서 모여든 사람들로 북새통을 이루었다. 이번 참여 인원은 대략 823명으로 모로코 와르자자테 공항까지 두 대의 전세기로 이동할 계획이었다. 사하라에서 일주일간 생사고락을 함께할 사람들이기에 나는 큰 관심으로 그들의 모습을 하나하나 지켜보았다. 특히 그들의 복장이나 짊어진 배낭에 눈길이 갔다. 아직은 사하라 도착 전이기에 선수들 대부분이 대회용 옷차림이 아닌 편한 복장이었고 짐 또한 대회용 배낭과 모로코로 다시 부치게 될 짐들이 섞여 꽤나 큰 부피의 짐들까지 복잡하게 섞여 있었다. 그런 중에도 대회용 배낭만큼은 제법 타이트하게 잘 꾸려온 것이 눈에 띄었다. 모두 약속이나 한 듯 배낭의 위쪽에는 침낭이, 아래쪽에는 침낭 밑에 깔아서 습기를 막아줄 매트가 묶여 있었다. 그런 차림새만 보더라도 일반 여행객과는 자연 구분되어 말하지 않아도 우리 쪽 동지임을 알아볼 수 있었다. 동지가 늘어 갈수록 새삼 그들 한 명 한 명이 반가웠다.

넋 놓고 그들을 지켜보다 어느새 전세기를 탈 시간이 되어 출국 심사대 앞에 서게 됐다. 그리고 더불어 얼마 지나지 않아서 내게 있어야 할 비행기 티켓이 없음도 알게 되었다. 분명 공항에 도착하자마자 티켓 확인을 했고 받아든 비행기 표를 정확히 주머니에 넣어두었었는데 그 주머니에 넣어둔, 아니 넣어두었다고 생각한 비행기 표가 보이지 않는 것이다. 앞에서는 출국 심사대의 공항 직원이 "마담, 표를 보여 주세요."를 외치고 있고 나는 등 뒤로 식은땀을 흘리며 내 옷의 모든 주머니를 뒤지고 있는 진풍경이 벌어졌다. 결국, 기다리다 못한 공항 직원이 나를 거칠게 몰아 줄에서 빼서는 다시 험악한 얼굴

대회 전용기를 탈 시간을 앞두고 출국 심사대 앞에

줄 서있는 사하라 마라톤 동지들

로 욕을 하더니(분명 그렇게 느껴졌음) 휙 돌아서서 가버렸다. 지금 중요한 것은 비행기 출발 시각인 오전 8시 20분을 코앞에 두고 있고 내게는 있어야 할 모로코 와르자자테 행 비행기 티켓이 없다는 것이다.

출국장 안에는 선수들만 있는 것이 아니어서 모든 출국 대기 사람들이 섞여 긴긴 줄이 끝도 없이 이어져 있었다. 이제 배낭에 침낭과 매트를 매단 나의 동지들은 거의 보이지 않았다. 무얼 어찌해야 좋을지 모르는 상태가 되자 나는 머리끝이 쭈뼛 섰다. '이대로 와르자자테 행 전세기를 놓쳐 사하라로 가지 못하는 수도 있겠구나' 싶은 생각이 들자 나는 다급한 마음에 제정신이 아니었다. 우선 티켓을 받았던 장소로 뛰어가 상황을 수습해야 했다. 조금 전 내 팔을 우악스럽게 잡아끌어 내치던 프랑스 공항 직원이 티켓을 재발급받아오라는 말만 했어도 덜 당황했으련만 나는 티켓 발권을 다시 할 수 있다는 기본적인 지식도 없었다. 티켓팅 장소에는 먼저 온 사람들이 티켓팅을 진행 중이었지만 여기서 잠시라도 시간을 지체한다면 나는 비행기를 놓치게 될 게 뻔했다. 우선 티켓을 잃어버린 상황을 간단하게 설명해가며 어쩔 수 없이 줄에 무조건 끼어들어야겠다는 생각뿐이었다.

"미안, 미안. 지금 내가 비행기 표를 잃어버렸는데 비행기 타야 할 시각이 다 되어 시간이 없어. 내가 먼저 티켓을 받아도 되겠니?"

다행히 누군가가 내 말을 알아들었고 공항 직원을 불러주어 나는 곧 재발권을 위한 다른 줄로 안내를 받았다. 그곳에서 나는 상황을 설명하다 급기야 눈물 바람, 콧물 바람을 일으켰다. 그런 나를 본 공항 직원이 '마담, 진정해요Calm down'를 몇 번이나 말하였다.

"너 같으면 진정하게 됐니? 나 지금 비행기 놓치게 생겼다고. 이제 어떻게 하느냐고."

도무지 진정이 되지 않는 가슴으로 진땀을 흘리며 울먹이는 내가 나도 참 기가 막혔다. 공항 직원은 탑승권을 다시 발급해 줄 테니 잠시 기다리라고 했고 그의 말대로 비행기 티켓은 가히 빛의 속도로 내 손에 쥐어졌다. 이제 남은 시각은 10여 분! 나는 죽을 힘을 다해 출국 심사대 앞으로 뛰었다. '천우신조天佑神助' 공항 직원의 도움으로 간신히 비행기에 오르자마자 옆에 앉은 세훈이가 그제서야 "이모 왜 이렇게 늦게 왔어요?"라고 물었다.

나는 살떨렸던 그 순간의 모험담을 늘어놓을 기운이 없어 "비행기 표를 잃어버려 다시 발급 받느라 그랬어"라고 짧게 답한 뒤 눈을 감았다. 그때에서야 등 뒤의 땀이 식는 듯했다.

누가 누구를
무시해

    사하라 사막은 지구상에서 가장 넓은 모래사막이다. 모래 사막으로는 세계 최대의 넓이로 북아프리카의 서쪽 끝 모로코 에서 동쪽 끝 이집트까지 모든 땅이 사하라라고 할 수 있을 정 도로 넓다. 면적은 920만km²에 이르고 동서 방향으로의 길이 만 해도 4,800km에 달한다. 모로코 와르자자테는 서쪽 사하 라로 들어가는 첫 관문으로 한국에서는 직항 노선이 없어 프 랑스이든 두바이이든 어느 쪽으로든 중간 경유지를 거쳐야만 갈 수 있다. 프랑스 샤를 드골 공항에서 모로코 와르자자테까 지는 비행기로 세 시간이 걸리고 다시 전용버스로 6시간 정도 를 가야 목적지 사하라에 도착할 수 있다. 인천 공항에서 프랑 스를 경유한다면 21시간, 다른 경유지를 경유한다면 30시간 이상의 이동시간이 필요하다.

    간담이 서늘했던 프랑스 공항에서의 해프닝 이후, 나는 줄 곧 긴장했던 몸과 마음을 가라앉히며 놀란 가슴을 쓸어내리고 있었다. 시간이 지나 흥분이 가라앉자 이번에는 배고픔이 몰 려왔다. 전날 피자 두 조각으로 대충 저녁을 챙기고 호텔에서 새벽 5시 20분에 첫 셔틀버스를 타고 공항으로 오느라 아무것도 먹지 못한 상태였다. 모로코 와르자자테까지는 짧은 비행 거리로 인해 기내식이 제공되지 않아 나는 간단한 스낵을 사서 먹고 잠시 놓았던 정신을 다잡았다.

비행기 안의 사람들도 비슷한 상황이었는지 다들 가벼운 먹거리로 배를 채우고 약간은 어수선하고 소란스러운 분위기로 긴장된 마음을 풀고 있었다. 마음이 편안해지자 그제서야 주변의 사람들 하나하나가 눈에 들어왔다.

'흠, 이 사람들이 앞으로 일주일간 나와 함께 사막을 달릴 경쟁자이자 동료들이란 말이지?'

묘한 경쟁심과 동지애 같은 것이 동시에 생겨났다. 선수 대부분은 백인계로 평균 키가 180cm는 넘어 보였고 다부지고 탄탄한 근육질로 이건 누가 봐도 '운동 좀 했겠구나' 싶은 사람들의 모습이었다. 그건 여자들도 마찬가지여서 키 166cm의 나조차도 그들 앞에서는 위축되어 작고 초라한 모습으로 비쳤다. 아무래도 그들이 한두 걸음을 옮길 때 나는 종종종 서너 걸음은 옮겨야 어느 정도 보조를 맞출 수 있지 않을까 싶었다. 아무리 보아도 비슷하게 견줄 수 있는 체격들이 아니었다. 저런 체격을 지닌 사람들도 힘들다고 하는 사막 마라톤인데 과연 내가 그곳에서 뛸 수 있을까? 완주할 수 있을까? 아니, 일주일을 견디고 살아낼 수 있을까? 몸과 마음이 다시 사하라로 집중되자 나는 기대 반, 설렘 반, 두려움 반으로 복잡 미묘

한 심정이 되었다.

'어디 보자.' 그래도 나보다 못한 사람들이 와 있지는 않을까? 나는 주변에 있는 사람들 중 나보다 못한 사람들을 찾는데 온 관심을 집중했다. '그래, 저 할아버지는 좀 만만해 보이는데?' 나는 내 옆줄에 앉아 돋보기를 낀 채 책을 읽고 있는 일본인 할아버지한테서 눈길이 멈췄다. 도대체 저 할아버지는 여기를 왜 온 거야? 경기 도중 하루만에 쓰러지게 생겼구만. 왜소한 체격과 주름으로 보아, 나이 또한 적잖게 일흔은 넘어 보였다. 그래 저 할아버지 정도는 내가 이길 수 있겠지. 어디, 어디 또 보자. 그래, 그래 저기 저 아줌마 정도면 한번 해 볼만 하지 않을까. 나는 나보다 키가 작고 체격이 왜소하며 평범해 보이는 일본인 아줌마 한 명을 찍었다. 내 옆자리에 일본인들이 앉아 있어서인지 그래도 서양인들에 비해 체격이 작고 왜소한 그들이 자꾸 만만하게 눈에 들어왔다. 그래도 다행이다. 저런 사람들이 온 것을 보면 나도 한 번 해 볼 만하지 않을까? 나는 그들을 보며 일단 안도의 숨을 내쉬었다. 그렇지만 나는 그때까지 어리석

게도 저런 사람들이 사실은 전혀 저렇지 않다는 사실을 까마득히 모르고 있었다. 내가 만만하게 본 일본인 할아버지는 에베레스트 8좌 중 6좌에 도전해 그중 3좌를 완등한 베테랑 산악인이었으며, 일본 아줌마 역시 2013년부터 매해 대회에 참가해 이미 6번의 완주 경험이 있는 이 분야 전문가라는 사실을 미처 알아보지 못했던 것이다.

사실 이곳에서 만만히 볼 사람은 아무도 없다. 사람들 눈에는 동네 아줌마, 아저씨로 보일지 모르겠지만 사실 그들은 100km 울트라 급의 마라톤을 완주한 경험이 있고 철인 3종을 거치기도 했으며 최소 42.195km 풀코스 마라톤 완주 메달쯤은 집 벽에 빽빽이 걸어놓은 전문 마라톤 경력자들이 대부분이다. 이곳에서 과연 누가 누구를 무시할 수 있을까? 어쭙잖은 경쟁의식으로 만만한 상대를 한껏 골라놓은 나는 내심 안도하며 버스 창밖의 풍경으로 눈길을 돌렸다. 아무리 무식이 용감이고 착각은 자유라지만 지금 누가 누구를 무시하고 있는 것인지. 아무 것도 모르는 나만이 홀로 바보스러울만치 순진한 얼굴로 에베레스트 3좌 정복의 할아버지를 걱정하며 그의 완주를 바라고 있었다. 어이없게도 진심을 담은 안타까운 마음으로 말이다.

이토록 빛나는
별이라니

    나는 비행기의 창가 자리에 앉아 아프리카 대륙을 내려다보고 있었다. 내가 아는 상식으로 사하라는 홍해와 지중해, 대서양에 둘러싸여 있으며 북서쪽에 아틀라스 산맥이 있다는 정도였다. 그러면 내가 보고 있는 저 설산이 아틀라스 산맥이라는 말인가? 멀리 만년설이 쌓인 봉우리와 사막이 보였다. 산의 정상 부분에서 흰 눈이 햇빛에 반짝였고 아래로는 크고 작은 산들을 포함한 붉은 지형이 끝도 없이 펼쳐져 있었다. 그야말로 붉은 바다였다. 붉고 주름진 능선들이 하이 아틀라스와 미들 아틀라스산맥 사이로 끝없이 파도치듯 이어졌다 끊어지기를 반복하고 있었다. 흔히 사하라 사막하면 광활한 모래 언덕을 연상하지만, 이는 실제 사막 면적의 20% 정도에 불과하며 대부분은 자갈과 암석, 평원, 험준한 산맥이 그보다 많은 부분을 차지하고 있다. 내가 처음 본 사하라는 광활하고 척박하며 황량하고 적막했다. 마치 인간이 발을 들이면 안 되는 신의 땅에 들어서는 느낌이었다. 드디어 세 시간의 비행이 끝나고 비로소 금기의 땅인 사하라에 들어섰다. 무엇보다 비행기에서 내릴 때 '훅' 하고 들어오는 더운 공기에 놀라면서 나는 순간 신과 인간의 경계를 지나고 있는 묘한 기분마저 들었다. 모로코 사하라 사막 마라톤 선수들의 첫 집결지였던 프랑스 샤를 드 골 공항을 떠난 지 세 시간만인 오전 11시 20분쯤이었다.

모로코 와르자자테 공항에서 한 시간을 훌쩍 넘는 입국 심사를 거치고 드디어 공항 밖으로 나왔다. 사하라행 버스를 타기 전 이 대회의 창시자인 패트릭 바우어Batrick Bauer와 대회 운영진들을 처음으로 보았다. 그리고 그들의 격렬한 환호를 받으며 버스를 탔다. 버스에 오르면서는 자원봉사자로부터 필수 장비 리스트 및 소지 식량 신고서, 서약서, 텐트 배치도 등을 받기도 했다. 손에 뭔가가 주어지니 이제야 대회가 시작되려는가 보다 하는 기분이 들었다.

버스가 움직이면서 모로코의 작은 마을을 지나기도 하고 굽이굽이 산등성이를 돌기도 했다. 정확하게 알 수는 없으나 최소 해발 1,000m에서 2,000m급 사이를 아슬아슬하게 돌아 계속해서 달린 것 같다. 그 틈에 점심으로 오렌지와 빵, 두 종류의 참치캔과 아몬드, 말린 무화과, 대추야자, 땅콩, 치즈, 음료수 등이 제공되기도 했다. 선수들은 소풍 나온 사람들처럼 버스가 정차한 어느 평원 위에서 자유롭게 식사했다. 제법 크고 작은 암석들이 깔려있어 편하지 않은 길이었음에도 다들 즐거운 표정이었다. 차가 주행하는 동안 휴게소나 쉼터 같은 곳은 보이지 않았다. 버스가 잠시 정차할 때마다 볼 일이 급한 사람들만 내려 일렬횡대를 이루며 볼일을 봤다. 남자들이 여기저기 수십 명씩 떼를 지어 볼일을 보는 사이 여자들은 덤불 사이나 나무 뒤로 달려가 볼 일을 봤다. 첫날이라 보기 드문 광경으로 눈에 들어왔지 이튿날부터는 너도 나도 저마다 자연 상태에서 엉덩이를 보이며 볼일을 보는 일이 잦아 더 이상 이상할 것도 없었다.

버스는 달리고 또 달리고 계속해서 달렸다. 그러는 사이 제법 큰 오아시스 마을을 지나며 석양을 맞았다. 야자수 사이로 하늘이 오렌지 빛으로 물들어 있었다. 나는 한없는 아름다움에 매료되어 카메라를 꺼내들었다. 오아시스 지대에서 본 석양은 '아름답다'는 말로는 그 표현이 모자랐다. 프랑스의 이름난 건축물을 보면서도 느끼지 못한 감정이었다. 사람의 손에서 창조된 아름다움과 자연에서 느껴지는 아름다움은 전혀 급이 다른 감동이다. 나는 가슴을 꽉 메우는 뭉클함으로 사하라를 선뜻 맞이하였다.

해가 지니 곧바로 어둠이 내렸다. 사하라의 저녁은 짧다. 도시에서는 해가 져도 빛이 어느 정도 잔재하지만 사막에서 해가 진다는 것은 완전한 어둠을 뜻한다. 정말 아무것도 보이지 않는 칠흑의 어둠이 조용히 사위를 감싸고돌았다. 모든 것이 부재不在하다. 말 그대로 사하라는 '아무 것도 없는 땅'이 되고 말았다. 길고 길었던 하루의 끝에 아무 것도 없는 땅 사하라에 드디어 첫발을 디뎠다. 오후 8시가 조금 넘은 시각이었다. 내가 탄 버스는 거의 끝줄이라 도착도 가장 후미였다. 다시 길고 긴 줄이 이어졌고 나는 숙소가 될 텐트를 찾아가기 전 물을 배급받기 위해 기다렸다. 한 30여 분쯤 기다리다가 무심코 올려다본 사하라의 밤하늘이 나를 숨 막히게 했다. 방심한 사이 명치끝을 누군가에게 세게 얻어맞은 느낌이 들었다. 대번에 '억' 하고 숨이 막혔다. 나는 국적도 다르고 이름도 모르고 심지어 뒤통수만 보이는 앞사람에게 "하늘 좀 봐,Look at the sky!"를 외쳤다. 우린 모두 밤하늘 속 별을 바라보며 '오 마이 갓' 탄성을 질렀다. '와! 세상에나!' 그 말 말고는 다른 어떤 말도 필요 없었다. 그림 속에서나 보았던 별자리들이 내 눈에 선명하게 들어왔다. 손에 닿을 듯한 별무리가 내 머리 위에서 반짝이고 있었다. 사하라의 밤하늘 가득이었다. 천문대에서 본 별도, 별자리 보는 것으로 유명한 산 정상에서 바라본 별도 저 별은 아니었다. 그것은 어떤 별자리로도 대체 불가한 것이었다. 사람이 죽으면 별이 된다고 했던가? 나는 지금 지구상 가장 가까운 거리에서 그 영혼들을 대하고 있었다. 내 생애 최대의 격전지가 될 '나의 사하라'가 이토록 빛나고 있었다니. 순간 목이 메이면서 이곳까지 끌고 온 내 안의 모든 미움을 제대로 미워할 수 없을 것 같다는 생각이 들었다.

해야 할 일과
하고 싶은 일

잠을 잤는지 말았는지 모르게 자다 깨기를 반복하다 아침을 맞았다. 밤사이 거센 바람이 불어 텐트의 기둥으로 세워둔 막대가 계속 쓰러졌다. 텐트라고 해야 검은 천막을 대충 나무 막대기 몇 개로 지탱해둔 정도가 전부여서 텐트로서의 구실을 옳게 하지 못했다. 게다가 텐트의 앞뒤 부분이 트여있는 상태라서 밤새도록 사하라의 밤바람이 그대로 텐트 안을 휘젓고 다니게끔 했다. 밤사이 바람이 짐승의 울음소리처럼 웅웅 거렸다.

텐트 번호 29. 그 속에서 싱가포르에서 온 영국 사람 둘이랑 세훈이와 나, 이렇게 넷이서 일주일간 함께 지내야 했다. 다른 조는 텐트 안에 6명이 배치되어 오밀조밀 한 것이 우리조의 텐트보다 훨씬 더 심해 1인당 움직일 수 있는 반경이 크게 제한되어 불편함이 더했다. 그리고 함께 지내야 할 사람들이 많다는 것은 제약된 행동반경 말고도 여러 불편함이 많음을 의미한다. 코를 고는 사람이 한 사람이라도 더 있을 수 있다는 뜻이고 이래저래 불편함을 초래하는 여러 상황이 생겨날 수 있음을 뜻하기도 한다. 텐트29는 참여 인원수가 적은 나라끼

리 묶어 한 조를 이룬 '짜깁기 조'라고 보면 된다. 같은 텐트를 쓰게 된 우리 네 사람은 모두 말수가 적고(물론 나는 언어의 장벽으로 인해 더 말수가 준 것이기도 하지만) 그렇게 호들갑스럽지도 않은 사람들이었다. 남자는 브라이언과 세훈, 여자는 데니와 나 이렇게 네 사람이 단출하게 한 팀을 이루었다. 영국사람 둘은 말수가 적은만큼 친절한 사람들이었다. 물론 코를 고는 사람도 없고 모두 해지면 자고 해 뜨기 전 먼저 일어나는 부지런한 사람들이기도 했다.

밤사이 사막의 거센 모래바람을 처음 맞아본 나는 입안 사이로 서걱거리는 모래를 씹으며 사하라에서의 첫 아침을 맞이했다. 대회 하루 전에는 장비와 필수 품목, 하루 필수 칼로리를 채우는 일주일치의 식료품 검사와 메디컬 검사서를 동반한 문진이 있다. 다행히 대회 전날까지는 운영위에서 제공해주는 뷔페로 세 끼 식사를 할 수 있어 손수 음식을 만들어 먹는 번거로움은 없었다.

나는 오전 중 필요한 검사를 받고 물 배급과 관련된 비표, 메디컬 비표, 개인 GPS 등을 지급받았다. 또 처음으로 가방과 옷에 부착할 내 번호표를 받고 첫 공식 기념 촬영도 하였다. 첫날 내 가방의 무게는 약 12kg 정도였다. 이제 사하라에서 나는 등번호 343을 단 '코리아 임KOREA IM'이 되었다.

하루가 빠르게 지나가고 있었다. 나는 일주일간 짊어질 배낭을 남기고 모로코 숙소로 보낼 짐을 다시 한번 확인한 뒤 베르베르인에게 넘겼다. 베르베르인은 사하라 사막에서 거주하는 유목 민족으로 선수들이 지낼 텐트를 치고 수거한 후 다음 베이스캠프로 옮기고 대회 운영진들을 도와 필요한 일들을 진행하는 사람들이다. 나는 해야 할 일을 빠짐없이 챙겨야 했다.

등번호 343 'KOREA IM'

만국기가 노을에 물들며 바람에 나부끼고 있다.

때가 되어 정해진 시간에 식사를 하는 것도 중요한 일과였고 장비나 필수 품목들의 유무를 살피고 첫 레이스에 대비해 필요한 순서대로 가방 안을 잘 정리해두는 것도 해야 할 일이었다. 대회에서 특히나 중요한 역할을 할 신발과 게이터를 살피고 물을 챙기고 로드북을 보며 내일의 레이스 구간을 살펴보는 것도 중요 일과였다.

일몰이 가까울 무렵에는 패트릭 바우어가 첫 레이스 구간에 대한 간단한 브리핑을 하고 코스를 설명했다. 그 주변으로 각국의 국기가 노을에 물들면서 바람에 나부끼고 있었다. 태극기도 보였다. 한국 사람은 나와 세훈이 단 둘 뿐이었다. 26

명이나 참가한 일본이 부러웠다. 그들이 텐트에 걸어둔 대형 일장기가 거북스러우면서도 바로 옆이 우리 텐트라서 찾아 들어갈 때는 편리했다.

브리핑을 듣고 첫 레이스의 스타트 구간이 될 대형 아치를 둘러보고 텐트로 돌아왔다. 다시 가방을 살피고 침낭을 꺼내어 잠자리를 준비하고 출발 전 먹을 누룽지를 불려놓고 누룽지를 끓일 고체연료와 코펠까지 텐트 앞쪽에 준비해두었다. 출발 전 먹을 약과 중간 체크포인트에서 먹을 영양바와 에너지젤까지 챙기고 보니 오늘 해야 할 일은 마무리 지은 듯했다. 이제 내일부터는 내가 하고 싶은 일만 하면 된다. 내가 하고 싶은 일! 사막을 맘껏 달리고 걸어보는 일! 그 일을 위해 나는 멀고 먼 이곳 사하라까지 온 것이 아닌가. 이제 그 한 가지만을 생각하고 싶다. 그 한 가지만을 생각하기에도 가슴이 벅차다.

part 3

사
막
을
달
리
다

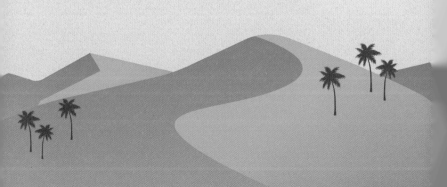

사막의
모래바람이 불 때

　새벽녘 별을 보겠다고 텐트 밖으로 나오니 사하라의 찬바람이 뺨을 정신없이 후려갈겼다. 무방비 상태로 얼차려를 당하고 혼이 얼얼한 가운데 하늘을 올려다보았다.

　'드디어 오늘이 시작인가.'

　나는 사막의 밤하늘 가득한 별을 보며 곧 펼쳐질 사막 마라톤의 첫 시작을 가슴 두근거리며 기다렸다. 원래의 생각대로라면 사막의 별을 보며 "저 여기에 와 있어요. 오늘이 그 시작이고요. 제발 저를 도와주세요. 저 믿을만한 '빽' 하나 없고요, 비빌 언덕도 없는 사람 맞아요. 지금 사하라를 지키는 당신들만이 저를 도와주실 수 있어요. 그러니 제가 레이스 도중 주저앉지 않게, 힘들다고 포기하지 않게 저를 돌봐주셔야 해요. 제게 사하라를 건널 수 있는 힘을 주세요. 도와주실 거죠? 아니 도와주셔야 해요." 하는 간절함을 기도하고 싶었지만 사막의 바람은 이마저도 쉽지 않게 만들었다. 온몸을 휘청거리면서까지 바람을 막아섰지만 소용없는 짓이었다. 사막의 거친 모래바람은 내 온몸을 난타하며 사하라를 우습게 보지 말라는 엄포를 놓았다. 게다가 춥기까지…. 누가 사하라를 덥다고 그랬어? 코끝까지 싸하게 하는 맹렬한 추위에 입고 있는 초경량 다운점퍼가 무색했다. 침낭 속에서도 양말을 신고 자야 하는 추위에 이래저래 잠까지 안 왔다. 사위는 어둡고 고요하기만 했다. 새벽녘 별을 보겠다고 텐트 밖으로 나와 있는 건 오로지 나 혼자인 듯했다.

까무룩 잠시 잠이라도 들었던 것일까? 위쪽 텐트의 수선스러움에 눈을 뜬 시각이 새벽 다섯 시였다. 젠장! 늦게까지 잠 한숨 못 자다가 겨우겨우 잠이 들었는데 어쩌자고 새벽 다섯 시에 사람을 깨워놓는 것인지. 깼으면 조용히 날 새기를 기다리든가 할 것이지. 왜, 어째서, 무슨 이유로 날밤을 샌 나까지 깨워놓는 것이냐고. '이 국제 상식도 없는 사람들아!' 그들의 매너 없는 행동에 짜증이 일었고 한 번 깨어난 잠 또한 다시 올 리 없었다. 그렇다고 일어나서 부스럭거리며 수선을 떨 수도 없었다. 가방을 챙기고 옷을 갈아입고 불을 피우고 물을 끓이고 누룽지 죽이라도 한 술 떠야했지만 텐트29는 아직 잠에서 깨어날 기미가 안 보였다. 그러니 나도 쥐죽은 듯이 누워 있어야 했다. 침낭에서 얼마간의 시간을 움직임 없이 버티고 있으니 인기척이 들려왔다. 나는 그때쯤 침낭 밖으로 얼굴을 내밀었다. 머리에 까치집을 얹은 세훈이가 먼저 "이모 잘 잤어요?" 한다. 그 옆의 브라이언과 데니도 굿모닝 인사를 전하는데 밤새 텐트 사이를 휘젓고 다닌 모래바람을 맞은 터라 얼굴이 푸석푸석해 보였다. 내 얼굴도 그런가 싶어 손을 대보니 모래가 까실까실 만져졌다. 곧 입과 코, 귓구멍에도 모래가 잔뜩 끼어있다는 것을 알았다. 물티슈로 얼굴을 닦으니 누런 모래가 닦여 나왔다. 말할 때마다 모래가 입안에서 서걱거려 지난밤 모래 바람의 위력이 얼마나 대단했는지를 실감케 했다.

대신 사하라의 아침은 꽤나 쾌청했다. 해가 뜨니 쨍하고 눈이 부시면서 기온이 급상승하고 있다는 것이 느껴졌다. 사막의 기온은 해가 지면 바로 떨어지고 해가 뜨면 빠르게 상승한다. 이곳에서는 '서서히'라는 게 없다. 해가 떴으니 이제부터는 모든 준비를 서둘러야 했다. 아침으로 누룽지 죽을 끓여 먹고, 미숫가루를 타서 마셨다. 첫 번째 체크포인트까지 가면서 마실 물도 포카리를 타서 배낭의 양쪽 어깨에 각각 500mL씩 1,000mL를 장착해 놓고, 체크포인트에 도착할 때마다 먹어야 할 연양갱과 에너지젤도 준비해서 배낭의 허리 쪽 보조 공간에 따로 두었다. 또 비타민과 과립 아미노산도 챙겼다. 베르베르인들이 7시에 텐트를 수거한 후, 노지에서 가방을 다시 점검하고 모자와 선글라스, 대회용 복장과 신발을 갖추어 스타트라인에 서니 출발 시각인 9시보다 조금 이른 8시 30분이었다.

세훈과 데니는 대회를 천천히 즐기기로 했다면서 스타트라인에서 조금 뒤쪽으로 빠졌고 나와 브라이언은 스타트 라인의 앞쪽에 섰다. 이제 조금 있으면 그토록 꿈꾸던 사막 마라톤이 시작된다고 생각하니까 가슴이 뛰고 없던 비장함까지 생겼다. 이번에 참가한 34기는 사하라의 전체 구간 중 230km를 일주일간 달리고 걷는다. 해마다 코스가 달라지기는 하지만 비슷한 난이도의 구간을 지나므로 전체적인 코스 설계는 비슷한 수준이라고 할 수 있다. 스스로 생존하는 서바이벌 레이스여서 개인 배낭에 필요한 장비와 일주일치 식량, 비상 약품, 생필품, 연료 및 간단한 식기와 여벌의 옷까지 준비해야 한다. 여기에 보통 물을 1,000mL ~ 1,500mL 정도 준비해서 출발하니 배낭 무게만 해도 평균 12kg 이상 나간다.

나는 물을 포함하여 13kg의 배낭을 멨고 영상을 찍을 카메라 장비와 배터리까지 준비한 세훈이는 20kg의 배낭을 멨다. 출발도 하기 전부터 배낭 무게가 어깨를 짓눌렀다. 출발 시각이 가까워지자 대회 창시자이자 운영위원장인 패트릭 바우어가 지프의 지붕에 올라 당일 거쳐야 할 코스와 난이도, 구간별 특징을 설명했다. 레이스 첫날의 구간 길이는 32.2km이며 제한 시간은 10시간이었다.

코스에 대한 설명은 영어와 불어로 진행됐다. 바우어가 불어로 얘기하면 통역자가 영어로 통역하는 식이었는데 자세히 보니 통역자 또한 이번 대회 참가 선수로 자원봉사 중임을 알수 있었다. 조금 빨리 출발하겠다고 스타트 라인 앞에 바짝 서

패트릭 바우어와 선수들이 '쓰리, 투, 원, 고!'를 외치고 드디어 대회가 시작되었고,

순식간에 51개국 823명의 선수가 썰물처럼 빠져나갔다.

그 속에 내가 있고, 그들이 사하라에 있었다.

있는 나로서는 이 중차대한 시점에 차량 지붕 위에 올라가 느긋하게 통역을 해주고 있는 선수가 조금 낯설게 느껴졌다. 그의 여유로움이 내게는 없었다. 나는 초조함으로 시계의 시침과 분침만 반복해서 바라봤다. 그때 갑자기 생일 축하곡이 울리며 전세계 사람들이 〈해피 버스데이 투 유〉를 합창했다. 바우어가 레이스 기간 중 생일을 맞은 사람들을 위해 특별히 생일 축하곡을 불러주자고 한 것이다. 사실 레이스 첫날인 4월 7일은 내 생일날이기도 했다. 이 먼 곳, 사하라 한복판에서 전세계인이 불러주는 생일 축하 노래라니, 나는 그만 울컥하여 그때까지의 초조함과 긴장감을 잠시 잊을 수 있었다. 평생 잊지 못할 생일 축하였다.

곧이어 바우어와 선수들이 동시에 '쓰리, 투, 원 고!'를 외쳤고 드디어 대회가 시작됐다. 순식간에 51개국 823명의 선수가 썰물처럼 빠져나갔다. 그 속에 내가 있었고 그들이 사하라에 있었다.

핫산의 인사

대회 첫날 출발선 앞에서 본 사막은 광활했다. 흔히 '사막' 하면 황금빛 모래 언덕을 떠올리게 되지만 실제 사하라의 모래사막은 20%에 불과하다. 나머지는 자갈과 암석, 평원과 험준한 산맥이 대부분이다. 첫날 당장 눈 앞에 펼쳐진 사막은 자갈과 암석이 깔린 평원이었다. 그리고 시야에서 제법 먼 곳에서는 넘어야 할 듄Dune도 보였다. 모래 언덕이 아닌 바위와 암석으로 이루어진 언덕쯤으로 여겨졌다.

당일 코스에 대한 브리핑을 마친 바우어는 출발 전 선수들의 긴장을 풀기 위해 헤비메탈 록밴드 그룹인 'AC/DC'가 부른 〈하이웨이 투 헬Highway to hell〉이라는 곡을 틀어줬다. 십여 개의 대형 앰프를 통해 고막을 진동하는 강한 파장이 사막으로 사막으로 퍼져나갔다. 선수들은 신나게 노래를 따라 부르면서 가볍게 몸을 흔들었다. 수백 명이 함께 부르는 '아임 온 더 하이웨이투 헬, 하이웨이 투 헬I'm on the highway to hell, Highway to hell' 부분은 이 곡의 하이라이트 부분이자 대회의 출발 전 포인트이면서 클라이맥스가 되는 부분이기도 하다. 가사에서처럼 우린 이제 모두 지옥으로 가는 고속도로를 달리게 될 것이다.

'날 멈추지 마. 정지판도 없고, 속도 제한도 없지.

아무도 날 멈추지 못해.

Don't stop me. No stop signs, speed limit.

Nobody's gonna slow me down.'

출발 신호음이 들리자마자 대형 아치 아래 모여 있던 선수들 모두가 동시에 지옥문을 향해 달려나갔다. 일단은 나도 그들 속에 섞여 뛰어나갔다. 사막을 달려보겠다고 했으니 대회 초반이라 힘이 있고, 아직은 덜 더운(이미 30도를 넘는 기온이기는 했지만) 때에 달리는 것이 맞다 싶었다. 나는 출발하면서부터 숨이 턱에 닿는 순간까지 뛰었다. 대회에 오기 전 메디컬 검사서에 사인을 해주던 의사의 말이 떠올랐다. 당신은 선천적으로 뛰기에는 안 좋은 심장이야. 실제로 나는 운동부하 검사를 할 때 산소마스크를 끼고 10분도 채 뛰지 못했다. 남들보다 호흡을 조절하는 기능이 떨어져 쉽게 호흡이 가빠지고, 가빠진 호흡을 되돌리는 데에도 오랜 시간이 걸린다고 했다.

마라톤 선수들은 일반인들에 비해 꽤 긴 호흡으로 뛴다. 분당 호흡이 빠르고 맥박도 빠르며 숨이 금방 거칠어진다면 마라톤 뛰기에는 적당한 조건은 아니다. 쉽게 말해 조금만 뛰어도 남들보다 쉽게 지치고 몸의 호흡 조절이 어려워 숨쉬기도 힘들다는 뜻이다. 의사의 말이 맞다. 선수들과 함께 달려 나간 나는 금방 숨이 거칠어져 헉헉대느라 진땀이 나기 시작했다. 이제 겨우 출발했을 뿐인데 몸의 앞쪽, 뒤쪽 가릴 것 없이 땀이 흘러 옷이 금방 땀에 절었다. 더 이상 뛰었다가는 죽을 것 같았다. 숨도 제대로 쉬어지지가 않았다. 나는 '후아, 후아' 복식 호흡으로 간신히 호흡을 조절하면서 속보로 전환했다.

그사이 많은 선수들이 앞으로 쭉쭉 달려 나갔다. 그들이 부러웠지만 그들을 따라 했다가는 내 페이스를 잃을 것 같아 나는 그들을 먼저 보내주기로 했다. 그래도 앞선 선수를 지표로 삼고 있기에 그들의 모습이 보이지 않으면 불안한 마음이라 부지런히 그들을 따라가야 했다. 그렇게 자갈길과 암석길을 지나고 모래 지대를 지나 어느 정도 사막의 모습에 익숙해져 갈 무렵, 처음으로 사막의 산과 마주하게 됐다. 겁을 먹어야 할만큼의 높은 산은 아이었으나 경사도가 있어 오르막에서는 많은 선수들이 힘들어했다. 산의 정상 부근에는 미리 나와 있는 자원봉사자들이 있어 그들의 박수와 '브라보' 한 마디가 지친 선수들에게는 큰 힘이 되었다. 그들에게서 얻은 힘으로 산에서 내려와 한 시간이 채 안 되는 거리에서 첫 체크포인트에 도착했다.

첫날 첫 레이스를 무사히 제한시간 내에 도착했다는 안도감에 잠시 가슴이 뭉클하기도 했다. 지금까지 11.4km를 왔고 이제 두 번째 체크포인트를 지나 베이스캠프까지 20.8km만

더 가면 된다. 나는 스스로에게 파이팅을 외쳤다. '잘했고, 앞
으로도 잘할 수 있을 거야.' 나는 겨우 목을 축이고 물을 보충
한 것으로 만족하며 다음 체크포인트로 향했다.

다소 지루했던 전반부와는 달리 이번에는 지나는 동안 볼
거리들이 많았다. 작은 둔에서 뽈뽈뽈 기어다니는 딱정벌레
Dung Beetle만 봐도 반갑고 가시덤불 속 그늘에 숨어 있다가 놀
라 도망가는 도마뱀Monitor Lizard만 봐도 귀여웠다. 기대했던 전
갈이나 뱀은 보지 못했지만 사막에서도 움직이는 생명체가 살
아간다는 것이 신기했다.

그런데 '너희들 제대로 숨은 쉬고 있는 거 맞니?' 정오를
넘어서자 사하라의 기온은 50도 가까이 올라갔다. 감히 눈을
들어 태양을 마주볼 수 없는 뜨거움이었다. 그사이 나는 바짝
마른 와디wadi('건곡'이라고도 하는 사막의 지형으로, 평소에는 물이 흐르
지 않다가 큰비가 내리면 홍수가 되어 물이 흐르는 곳)를 지났고 작은 모
래 언덕을 숱하게 지나왔다. 멀리서였지만 허물어진 카스바도
보았다. 카스바는 진흙으로 만든 요새라고 보면 된다. 처음에
는 마을인가 싶기도 하고 집의 벽인가도 싶었지만, 벽보다는
높고 집의 형태라고 하기에는 길이가 길고 규모가 크며 한쪽
으로 치우친 벽만 있어 집의 기능을 할 수 없어 보인다. 관광
을 왔더라면 가이드가 자세히 설명해줄 부분이지만 설명해줄
가이드가 없으니 짐작으로 '저게 카스바구나' 하고 지나간다.

그냥 딱 봐도 저건 고민할 것도 없이 카스바가 맞다. 언덕 위의 카스바와 조금 떨어진 곳에는 모로코의 작은 시골 마을이 있었다.

대부분의 집들이 진흙으로 간신히 벽과 지붕만 얹은 네모난 형태인데 집이라고 하기에는 너무나 허름한 모습이어서 비, 바람 정도만 피할 수 있는 '거처'라고 표현하는 것이 더 어울릴 듯하다. 그 안에서 사람이 살까 싶어 호기심에 나는 레이스의 주로에서 벗어나 잠깐 마을 쪽으로 발길을 옮겼다. 창문이 있는 집도 있고, 없는 집도 있었는데 대문도 방문도 없이 뻥 뚫려 있는 한 곳이 말하자면 집으로 들어서는 현관 같았다.

그곳에 들어서면 밥을 해먹은 흔적이 있는 간단한 식기들이 보이고 한쪽으로 둘둘 말려 있는 두꺼운 천도 보인다. 가구 같은 것은 하나도 보이지 않고 화장실도 안 보인다. 사람이 사는 집이 맞나 싶은 정도여서 보는 내가 오히려 더 민망할 정도이다. 진흙집이라 그늘이 져서 사하라의 뜨거운 열기를 피할 수 있는 수준에 만족한다면 그걸로 족할 집이었다.

나를 비롯한 선수들은 이제 겨우 이틀밤을 천막에서 잤을 뿐이고, 가지고 온 연료와 주변의 나뭇가지들을 모아 불을 피우고 한 끼 밥을 해먹었을 뿐이지만 이런 생활이 사하라의 사람들에게는 일상이겠구나 하는 생각이 들었다. 사하라에 사는 베르베르인들은 유목민이라 목축업을 하며 오아시스 지대를 옮겨 다녀야 하는 특성 때문에 많은 짐과 집이 거추장스러운 것인지도 모른다. 그들의 문화를 그들의 특성에 맞게 보고 이해하려는 마음도 필요할 것이다. 그렇지만 돌아서는 발걸음이 무거운 것만은 나도 어쩔 수가 없다.

마을을 지나니 저 멀리 빨래가 널린 모로코의 시골 마을 모습이 보이고 공놀이를 하는 아이들의 모습도 점점이 보인다. 달리는 선수들의 모습이 신기한 아이들은 선수들에게 가까이 접근해 오기도 했다. 마을에서 좀 더 멀리까지 나온 아이들은 선수들에게 관심과 호기심을 보이면서 먼저 인사를 건네

기도 하였다. 아이들의 꾀죄죄한 모습이 우선 눈에 들어오는 것도 사실이지만 그보다는 그들의 밝고 맑은 순수한 모습부터가 먼저 다가와 살겹게 느껴진다. 특히나 커다랗고 새카만 눈이 몹시 예쁜 아이들이다. 그런데 녀석들은 해마다 열리는 사막 마라톤대회에 관해 익히 알고 있는 듯하다. 그동안 만나온 선수들에게서 볼펜같은 필기구나 또는 초콜릿과 사탕 같은 간식들을 많이 받아본 솜씨다. 지나가는 선수에게 바짝 붙어서 '마담' 뭐라고 하는데 아무래도 크든 작든 하나라도 내놓고 가게끔 만드는 재주가 보통이 아니다.

그런데 어쩐다냐! 이 아줌마가 배낭 무게를 줄이느라 최소한의 것만 싸와서 내놓고 갈 무엇이 없으니 나도 참 답답하고 짠하지만 어쩔 수 없다. 얼굴에 철판이라도 깔고 못 본 척, 못 들은 척 가는 수밖에. 더군다나 니들이 지금 "니하오", "곤니찌와"라고 인사하지 않았니? 나는 니하오도 곤니찌와도 아니거든. 조금은 후련하게 녀석들 곁을 지나치고 또 지나치고 앞으로 나아갔다. 그중에는 미련을 못 끊고 쭉 따라오며 "마담, 곤니찌와" 하는 녀석들도 있었다. 그러면 나는 서서 "나, 곤니찌와 아니거든. 안녕하세요? 라고 해야 해."라고 훈계만 잔뜩 하고 돌아섰다. 그러면 따라오던 녀석들은 대부분 머쓱해져서 돌아가곤 했다. 그렇게 한참을 아이들을 따돌리면서 가고 있는데 지금까지 따라붙은 아이들에 비해 한참 어린 꼬맹이가 뭣도 모르고 내 곁에 따라붙었다. 내 걸음이 빨라서 녀석은 종종 뛰어야 했음에도 곧잘 따라오면서 "마담, 곤니찌와" 한다. 나는 역시나 잠시 멈춰 서서 한글의 세계화를 위한 한국어 강의를 시작했다.

나는 또박또박 힘주어 "곤니찌와 아니고 안녕하세요?"하며 녀석을 바라봤다. 이제 예닐곱 살쯤 됐을까 싶은 꼬맹이가 멈추어 서서 나를 빤히 쳐다봤지만 이제 곧 녀석도 다른 아이들처럼 사탕은 주지 않고 알아듣지 못할 말만 하는 아줌마를 원망하며 돌아서겠거니 했음은 물론이다. 그랬는데 이 녀석이 조금도 당황하지 않고 좀 전의 미소보다 더 크고 환한 미소를 지으며 "안냐세요?" 하는 것이 아닌가. 시방, 지금 너 나한테 뭐라고 한 것이냐? 한 번만 더 말해 줄래? 나는 녀석의 미소와 서툰 한국어에 빠져들고 말았다.

"그래, 바로 그거야. 안.녕.하.세.요.
코리아! 아임 코리언!
한국말로 '안녕하세요'라고!"

녀석이 또 내 말을 따라하면서 "안냐세요?"한다. 이렇게 예쁠 수가. 이렇게 사랑스러울 수가. 나는 녀석의 입에서 나오는 서투른 한국어에 박수가 절로 나왔다. 그래, 내가 널 위해서

내가 만난 모로코의 아이들

뭔들 못 주겠니. 나는 녀석을 위해 드디어 꽁꽁 숨겨두었던 초
콜릿을 꺼내 들었다. 그런데 갑자기 요 꼬맹이가 큰 소리로 동
네의 형, 누나들을 죄다 불러대는 것 같았다. "누나, 형들 이 아
줌마가 초콜릿 줬어."

그 바람에 순식간에 내 주변으로 동네 아이들이 다 몰려들
었다. 너도나도 손을 벌리는데 누구는 주고 누구는 안 줄 수도
없고 해서 나는 울며 겨자 먹기로 내 일주일치 간식으로 준비
한 초콜릿과 사탕을 전부 나누어 주고 말았다. 내게서 사탕과
초콜릿이 다 떨어진 것을 알자 아이들은 알아서 해산하고 돌
아서서 갔고, 간식을 눈 깜짝할 사이에 모두 빼앗긴 나는 그저
헛웃음만 나왔다. 달콤한 간식을 들고 신이 나서 뛰어가는 아
이들 사이에서 누군가 내게 서툰 한국어로 처음 인사를 건넨

꼬맹이의 이름을 불렀다. 형과 누나들보다 조금 뒤처져 가던 그 녀석의 이름은 '핫산'이었다.

그래, 너의 이름이 핫산이었구나. 나는 사랑스러운 핫산의 이름을 나직이 불러보았다. 귀엽고 당차고 사랑스러운 모로코의 아이, 핫산! 너가 커서 사막 마라톤에 꼭 선수로 참가할 수 있기를 바랄게. 드넓은 사하라의 품을 마음껏 달려나갈 너의 모습을 기대하마. 나는 사하라를 달리는 핫산을 향해 진심어린 기원을 남겼다. 녀석이 서툴게 남긴 '안냐세요?'가 지친 내 발걸음에 힘을 불어넣어 주었다. 나는 핫산을 떠올리며 사하라를 향해 다시 달려나갔다. 내가 만난 꼬맹이의 이름은 '핫산'이었다.

등수가
궁금하지 않다고?

모든 첫 '시작'은 설렘과 함께 두려움을 갖는다. 앞으로 무슨 일이 어떻게 일어날지 알 수 없기 때문에 설렘만큼이나 두려움의 감정도 크다. 대회 첫날 첫 레이스를 뛰던 그날의 내가 그랬다.

지금의 내 체력과 수준이 어느 정도인지 알지 못했기 때문에 어디를 얼마만큼 달리고 쉬어야 할지 알 수 없었다. 로드북을 보고 코스를 살펴 전체적인 계획을 세워 볼 필요가 있었지만 경험이 없는 나로서는 코스마다 얼마만큼의 힘을 안배해야 할지 알 수 없어 모든 상황이 어렵고 막연하기만 했다. 또 체크포인트에서 얼마나 쉬어야 할지 그 문제도 정하기 어려웠다. 고심 끝에 체크포인트에서는 10분 내외의 시간을 쉬기로 했는데 아무래도 장시간의 휴식보다는 짧은 휴식이 더 나을 것 같았기 때문이다. 오랜 시간 휴식을 취하게 되면 긴장된 근육이 풀려 다시 일어서기 힘들 것 같다는 생각이 들었다. 뒤에 남아 있는 코스의 난이도도 생각해보아야 했고 길을 잃었을 때 지체될 시간도 생각해두어야 했기 때문에 체크포인트에서 마냥 편히 쉬고 있을 수만은 없었다. 물론 완벽하지는 않았지만 그렇다고 생각 없이 대회에 임할 수도 없어 나름 내 상황과 체력에 맞는 계획을 세우고 그에 맞는 준비를 하고 있었다. 하지만 자꾸 드는 긴장감만은 어쩔 수 없었다.

나는 출발 전 옆 사람에게 로컬 시간을 묻고(한국과 사하라 현지 시차 9시간) 정확하게 시계를 맞춘 뒤 다시 한번 주변의 사람들과 출발 시각을 확인했다. 하지만 잔뜩 긴장한 나와는 다르게 곁에 선 선수들은 밝고 유쾌한 모습을 보이며 한껏 여유로운 모습이었다. 특히 세네갈 바르바바 할머니(68세)와, 영국 앤 할머니(63세)는 시종일관 웃음을 잃지 않으면서 넘치는 에너지로 즐겁게 레이스를 준비하고 있었다. 나는 잠시나마 긴장감을 누르며 할머니들을 향해 "정말 대단하세요You great"라고 엄지를 치켜 올려 보였다. 그렇게 두 할머니에게 용기를 얻어 잠시 긴장감을 내려놓았을 때 바우어와 선수들이 동시에 외친 출발 신호가 들렸다. 드디어 2019 대회의 첫 포문이 열렸다. 순간, 나는 내 심장이 요동치며 힘껏 뛰는 것을 느꼈다. 그건 긴장감 때문만은 아니었다.

대회의 첫날은 2019년 4월 7일이었고 출발 시각은 오전 9시, 대회 1일차의 총 구간은 32.2km, 제한 시간은 10시간이었다. 나는 떨어진 출발 신호와 함께 드넓은 사막을 향해 달려 나갔다. 레이스의 첫날이라 아무것도 계산할 수 없었던 나로서는 나머지 구간과 남아 있는 내 체력 사이의 상관 정도도 알 수 없었다. 아직은 견딜만한 체력이 남아 있을 때 무조건 앞으로 빠르게 나아가는 것이 좋겠다고 생각했다.

사실 각 체크포인트에는 메디컬 센터가 있어 컨디션이 좋지 않거나 치료를 필요로 하는 선수들이 있으면 쉬어갈 수 있도록 천막이 설치되어 있었다. 그늘 한 점 없는 사막에서 천막을 만난다는 건 오아시스를 만난 것만큼이나 천만다행한 일이었다. 하지만 누구나가 이용할 수 있는 것은 아니어서 대부분의 선수들은 뜨거운 태양 아래 잠시 휴식을 취하거나 그나마도 여의치 않으면 휴식 없이 출발해야 했다. 체크포인트에 도착하면 지친 상태이고 몸은 무거워 사실 아무 바닥에나 앉아 빨리 쉬고 싶은 마음뿐이었지만 지열로 인해 뜨거워진 바닥에 생각 없이 앉아 쉰다는 것도 쉬운 일은 아니었다. 천막 안에 자리를 잡지 못한 선수들은 뜨거운 태양 아래서 숨만 돌리고 다시 출발해야 하는 상황이었다. 나 또한 자리를 잡지 못해 휴식 없이 체크포인트를 지나야 했다. 다음 체크포인트로 이동하기 위해 잠시라도 휴식을 취해야 했지만 뜨거운 햇볕 아래 오래도록 서 있을 수도 없고 쉬는 만큼 단축된 시간으로 나머지 레이스에서 힘들어 질 수도 있겠다는 생각이 들어 그냥 지나치기로 마음먹었던 것이다. 내가 체크포인트에서 물을 보충하는 사이 더위에 지친 한 선수는 자신의 머리에 물을 들이붓고 있었다. 그의 머리에 물이 부어지는 순간 지글지글 소리가 들리는 듯했다. 나는 예정대로 첫 번째 체크포인트를 지나 두 번째 체크포인트로 향했다. 이 구간은 21.1km로 제한 시간은 첫 번째 체크포인트로부터 2시간 50분 안이었다. 나는 제한시간인 오후 2시 50분보다 이른 12시 50분에 두 번째 체크포인트에 도착했다. 그리고 레이스가 시작된 이후 이때 처음으로 자신감을 얻었다. 이대로라면 대회 1일차 마지막 귀착지인 첫 번째 베이스캠프까지 제한된 시간보다 한참 이르게 도착할 수 있을 것 같았다. 나는 마지막 구간의 연속된 둔덕들을 넘으며 '이 제 거의 다 왔어. 조금만 더 힘을 내자.'하며 스스로를 응원했다. 첫날, 첫 레이스를 잘 버텨준 내 자신에게 고마웠다. 베이스캠프 1에 들어온 시각은 제한 시간인 오후 7시보다 이른 오후 3시 20분이었다.

나는 다음날 아침까지 쓸 물 세 통을 받아 텐트29로 돌아왔다. 모두들 나보다 먼저 들어와 있을 줄 알았는데 텐트에는 아무도 없었다. 하루 종일 메고 다닌 배낭을 내려놓는데 나도 모르게 앓는 소리가 나왔다. '아이고야!' 어깨, 허리, 목, 다리, 발바닥까지 온몸 구석구석 아프지 않은 곳이 없었다. 배낭을 내려놓고 순식간에 1.5L 물병의 반을 들이켰다. 모래 먼지가 잔뜩 묻은 게이터가 오늘 레이스의 험난함을 대신 말해주는 듯했다. 게이터를 떼어내고 신발을 벗을 즈음 브라이언이 텐트로 들어왔다. 텐트에 사람은 없었으나 그의 배낭이 있어서 나보다 그가 먼저 들어왔다는 것을 이미 알고 있었다. 잠시 후 세훈이와 데니도 텐트로 들어왔다.

아침에 본 얼굴들을 다시 보니 반갑고 다들 무사히 레이스를 마친 것에 감사했다. 텐트 멤버들의 컴백을 보고 나는 베이스캠프의 진입로 쪽으로 향했다. 그쪽 게시판에 개인별 기록과 순위가 올려와 있어 내 기록과 순위를 확인해보고 싶었기 때문이다. 나 외에도 많은 사람들이 게시판 앞으로 나와 자신의 순위와 기록을 확인 중이었다. 선수 개개인마다 지급된 GPS가 있어 체크포인트나 베이스캠프를 지날 때 자동으로 그곳을 통과하는 것이 인식되고 도착한 시간이 기록되었다. 나는 비슷하게 들어온 선수들의 시간을 확인하며 내 번호를 찾았다. '그러니까 내가 첫 번째 베이스캠프에 들어온 시각이 오후 3시 20분이니까 이쯤 어디에 내 기록이 있겠군.' 그런데 몇 번이고 기록이 있을만한 자리를 확인해도 내 번호가 보이지 않았다. 혹시나 싶어 오후 3시부터 3시 30분 사이의 모든 기록을 샅샅이 훑어보고 또 확인해 보았지만 역시 내 번호 343은 보이지 않았다.

나는 선수들의 기록을 점검하고 기록하는 운영위의 사람에게 왜 기록에서 내 번호가 빠졌는지를 물었다. 혹시라도 내

GPS에 문제가 있어 오늘 내가 베이스캠프로 들어온 것이 확인되지 않은 상태라면 정말 큰일이겠구나 싶었다. 만약 그렇다면 그동안의 노력이 모두 허사가 될 수도 있는 문제였으므로 나는 불안감에 목소리가 자동으로 커졌다. 운영위원은 선수들이 계속 들어오고 있어 아직 기록이 정확하게 파악되고 정리된 상태가 아니니 조금 후에 다시 와보라고 했다. 텐트로 돌아와 한참 시간을 보내고 다시 한번 가보았을 때도 그리고 그 후에 다시 가보았을 때도 달라진 것은 없었다. 처음 상태대로 내 번호는 기록지의 어디에도 보이지 않았다.

나는 '내 번호가 실수로 빠진 것 같으니 다시 잘 찾아봐 달라'고 요청했다. 그러나 대회 운영진은 '이 기록은 첫날의 기록이라 아무 의미가 없다. 오늘 네 기록이 빠져 있다면 내일 다시 기록되어 올 것이고 기록에서 빠진 선수 또한 너 하나만이 아니다. 그렇지만 누구도 너처럼 기록을 보여 달라거나 왜 빠진 것이냐고 묻지 않는다.'며 오히려 나를 이상한 사람으로 보았다.

적반하장도 유분수지. 자기네가 실수로 빠뜨린 기록을 확인해 보라는데 왜 내게 되레 화를 내는 거지? 지금 화를 낼 사람이 누군데? 나는 그들의 태도를 이해할 수 없었다. 그건 저쪽도 마찬가지인 듯했다. '쟤 왜 저래? 그깟 순위가 뭐 대수라고 저리 유별나게 구는 거야?' 하는 기색이 역력했다. 나는 다음날 기록을 올릴 때 다시 확인해 보라는 말에 하는 수없이 발길을 돌려 텐트로 향했다.

아니! 시험을 봤으면 시험 성적이 어떻게 나왔는지 확인해 봐야지. 그게 당연한 거 아니야? 나는 지금껏 그렇게 살아왔는데, 그렇게 살아야 한다고 배워 왔는데 이제 와서 성적에 연연하지 말라니? 그게 도대체 무슨 말이냐고? 성적은 하나도 중요한 게 아니라면 그러면 시험은 왜 보는 건데? 내게 오늘의 순위는 성적으로 매겨지는 등수 같은 거였다. 나는 생각보다 잘 본 시험에서 내 등수가 몇 등인지 확인하고 싶었다. 그래서 내일은 그 등수보다 더 앞선 순위를 목표로 삼고 싶었고, 그다음 날은 또 그 등수보다 더 앞선 순위를 목표로 삼고자 했다. 그래야 앞으로 나아갈 수 있는 것이라고 배웠다. 삶은 '경쟁'이고 경쟁에서 앞서야만 살아남을 수 있으며 보다 진보하고 더 나은 삶은 그렇게 해서 만들어지는 것이라고 배웠다. 지금까지 그렇게 배워왔는데 이제 와서 그게 왜 중요하냐고 묻는다면 나는 내가 배워온 '삶'을 뭐라고 대답해야 하나? 터덜터덜 걸어 텐트로 돌아왔다.

아직 저녁도 못 먹은 상태였고 첫 레이스의 피로감에 지쳐 있는 상태 그대로였다. 텐트29 옆의 일본인들 텐트에서 사람들이 여럿 몰려 있었다. 어디를 가나 보이는 그들의 대형 일장기 덕에 그 옆의 텐트29 또한 쉽게 눈에 들어왔다. 일장기가 보이지 않았더라면 똑같이 생긴 텐트를 구분하지 못해 보나마나 텐트 사이를 여러 번 돌고 돌았을 뻔 했다. 나는 텐트29로 들어가기 전 일본인들 사이에서 '레나'를 발견했다. 레나는 사하라로 들어오는 전세기에서 인사를 나눈 동갑내기 여자였다. 그녀는 즐겁고 환한 웃음으로 동료들과 이야기를 나누고 있었다. 내가 레나를 부르자 그녀는 자리에서 일어나 나를 반갑게 아는 척 했다. 그리고 내 안부를 물었다. 나는 아직은 괜찮다고 대답했고 그녀의 상태를 보니 레나 또한 아직은 괜찮은 상태 같았다. 나는 내 순위를 확인하지 못하고 돌아오는 길이라 대신 그녀의 순위와 기록이 궁금했다. 그래도 사하라를 여섯 번이나 완주한 관록의 그녀가 아니었던가?

"레나, 너 오늘 몇 등으로 들어왔어?"

다짜고짜 순위부터 물어보는 것에 그녀가 적잖게 당황하는 듯했다. 아니면 지금까지 이런 걸 물어본 사람이 한 명도 없었던가. 당황해하는 그녀의 모습을 보고서야 물어 본 내가 무엇을 잘못 했나 싶었다. 그녀는 잠시 잃었던 미소를 되찾으면서 '오, 노노노' 했다. 그러더니 '나 몇 등인지 몰라.'라고 대답했다. 내가 게시판이 있는 베이스캠프 앞쪽을 가리키며 '저기에 있는 네 번호를 체크 안 해 본 거야?'하니까 그녀가 여전히 웃으면서 그렇다고 했다. 나는 그런 그녀를 이해하지 못한 채 속으로만 '너 사막 마라톤을 6번 완주 했고 올해가 7번째

라며? 그런데 네 등수가 안 궁금해? 전년보다 더 나은 성적을 기대하고 온거 아니었어? 그게 아니라면 너 도대체 왜 여기에 온거야?' 나는 앞에서 해맑게 웃고 있는 그녀를 향해 차마 이 말만은 하지 못했다. 도무지 이해할 수 없었다. 그녀가 사막을 일곱 번이나 온 이유를.

그날 내 순위는 823명의 선수 중 617 등이었다. 꼴찌로라도 제한 시간 내에 들어오기만 하면 다행이라고 생각했던 것에 비한다면 놀라울만한 성적이었다. 앞 사람만 보고 달린 결과였다. 앞도 옆도 보지 않고 오로지 완주만을 목표로 했었다.

거대한 실체를
마주하고

고대 이집트에서는 추방자들을 사하라로 내몰았다. 한 번 들어가면 살아서 나오기 힘든 '죽음의 땅'이 바로 사하라였기 때문이다. 지구상에서 가장 더운 곳으로, 그늘 한 점 찾기 힘들고 물 한 방울이 없는 땅이다. 이곳은 먹을 것도 없고 밤과 낮의 온도 차이만 해도 무려 40도 이상이어서 웬만한 체력으로는 걷기도 힘든 땅이다. 규모도 920만km², 동서방향의 길이 4,800km로 거의 미국과 맞먹는 크기여서 이 땅에 버려진다는 것은 바로 죽음을 의미하기도 했다. 맞닿은 국경만 해도 모로코, 튀니지, 니제르, 알제리, 이집트 등으로 광범위해 이곳에서 자칫 길이라도 잃고 헤맨다면 죽음을 맞을 수도 있다.

실제로 대회 참가 선수가 레이스 중 길을 잃어 무려 열흘 만에 발견된 적이 있는데 당시 그의 몸무게가 17kg 빠져 있었다고 한다. 선수들 사이에 전해오는 이야기 중 참가 선수가 죽은 일화도 유명하다. 그는 레이스 중 심장마비로 사망했다. 사막 마라톤은 결코 만만히 볼 대회가 아니다. 만만히 보았다가는 큰코다치기 십상이다. 언제고 사하라는 그 위용을 드러내며 금기의 땅에 발을 들여놓은 값을 톡톡히 치르게 할 것이기 때문이다.

내게는 대회의 둘째 날이 그랬다. 그날은 코스에 '에르그'라고 불리는 광활한 모래 언덕 지대가 포함되어 있었다. 지금까지 자갈 평원, 암석길, 마른 와디, 협곡, 바위투성이의 고원 등을 지나왔지만 사하라의 실체라 할 만한 빅듄을 만나지는 못했다. 대회 이틀째 날에 첫 번째 체크포인트와 두 번째 체크포인트 사이에 에르그가 있었다. 에르그란 수백km씩 이어진 모래 산맥을 말한다. 다른 이름으로는 '모래 언덕의 바다'라고도 불리는데 높이 100m에서 300m 사이의 빅듄이 파도치듯 이어져 있기 때문이다. 무려 400m 급의 빅듄도 에르그 안에 있다. 사막 마라톤을 준비하며 체력 훈련을 한답시고 자주 오르던 동네의 산이 172m이긴 했는데, 그렇다면 3~400m 급의 빅듄은 얼마만한 크기인 걸까? 나는 빅듄의 크기가 어느 정도인지 상상이 되지 않았다. 아무리 애써도 머릿속에 그 크기나 높이가 그려지지 않았다. 뭐 그렇다고 모래 언덕을 이번에 처음 지나가는 것도 아니고 대회 첫날 스몰 듄이기는 하지만 모래 언덕 구간을 경험해봤으니 이틀째 날도 여차저차하면 빅듄을 넘을 수 있지 않을까?

나는 빅듄을 만나기 전 다소 희망적이고 긍정적인 자세로 마인드컨트롤을 하고 있었다. 그런데 대체 그런 자신감은 어디서부터 나온 것일까? 전날 휴식 없이 두 군데 체크포인트를 지나쳐 베이스 캠프까지 꽤 빠르게 도착했다. 평균속도 5.07km/h로 800여 명 중 600등 대의 순위 안에 들었으니 대회 전 꼴찌로라도 제한시간 안에 들어가기만 하면 다행이라고 잔뜩 겁을 먹고 있었던 나로서는 뜻밖의 성적에 의기양양해질 만도 했다. 출발 전의 컨디션도 좋은 편이라 어쩌면 오늘은 500위 안에 들지도 모른다는 생각마저 들었다. 사고는 매 그런 순간에 찾아온다.

운전도 이제 막 초보 딱지를 뗀 그 순간에 가장 사고가 잘 난다. 이제 막 뭔가를 알 듯 말 듯 한 그런 순간 말이다. 내게 그날이 그랬다. 한껏 고조된 기분과 자신감으로 아무래도 사하라를 만만히 보고 있었던 듯싶다. 그런 내게 사하라는 둘째 날 '너 좀 당해 봐라'하고 선전포고를 했다.

"니가 사하라에 와보고 싶다고 했냐?
여기가 사하라야. 웰컴!"

드디어 사하라는 내게 거대한 실체를 드러냈다. 나는 내 눈을 의심했다. 보고도 눈앞의 현실이 믿기지 않았다.
"이게 뭐지? 이게 다 뭐냐고?"
빅듄을 보는 순간 입이 벌어지고 동공이 확장되면서 숨이 턱 막혔다. 멀리서 빅듄을 넘고 있는 사람들이 그저 작은 점으

로밖에 안 보였다. 빅듄의 거대한 크기에 압도된 나는 쉽사리 걸음을 떼지 못하고 있었다. '그러니까 지금 나더러 이걸 넘으라는 건가?'

사람이 빅듄을 넘어서는 것이 과연 가능하기는 한 것일까? 지금 눈앞에는 수없이 많은 빅듄이 거대한 파도를 이루고 있었다. 당장 눈앞에 나타난 빅듄의 실체를 보고도 그 모습을 믿을 수도, 믿고 싶지도 않았다. 그리고 나는 저 빅듄을 넘고 또 넘어야 한다.

"오 마이 갓! 지금 내가 어디에 와 있는 거야?"

나는 드디어 사하라의 한복판으로 들어와 있었다. 그것도 앞도 뒤도 옆도 다 빅듄인 '에르그' 한가운데로.

'오 마이 갓! 나 돌아갈래.'를 외쳐도 소용없는 짓이었다. 일단 살고자 한다면 이곳부터 빠져나가야 한다. 안 그러면 모래 산맥 한가운데에서 미라가 될 판이다. 태양은 점점 목을 조여 오고 복사되어 부딪히는 지열 또한 뜨거워서 한자리에 오래 서 있다가는 그대로 통구이가 되게 생겼다. 일단 걸음부터 옮기자. 계속 이대로 서 있다가는 온몸이 녹을 수도 있겠다.

나는 움직였다. 걷기 위해 한 발을 떼면 중심축이 되는 한 발이 모래 속으로 쑥 들어갔다. 다시 그 발을 빼내어 한 걸음 옮기면 이번엔 다른 발이 전보다 두 배는 깊게 모래 속으로 빠졌다. 움직이기는 하지만 앞으로 나아가는 것이 맞는지 한숨이 절로 나왔다. 마치 개미귀신이 파놓은 개미지옥 안으로 온몸이 빨려 드는 기분이었다. 빅듄에서는 선수들 사이의 체력 차이가 확연히 나서 앞뒤의 선수들과 거리 차이가 제법 났다. 속도와 거리의 차이도 차이이지만 수없이 많은 빅듄에 가려 아예 선수들의 모습이 보이지 않았다.

그러니까 지금 빅듄에 나 혼자인 거네? 나는 사방을 둘러보았다. 정말 그런 거야?

설마? 아니지? 설마? 그렇겠어? 신이 날 버리지 않았다면 절대 그럴 리가 없잖아. 그런데 왜 사람들이 안 보이지? 설마 내가 끝인 거야? 그럴 리가? 분명 내 뒤쪽으로 사람들이 따라오고 있었는데 그새 다 나를 앞질러 갔다는 거야? 그 많은 사람들이 다 어디로 간 거지? 왜 안 보이는 거냐고?

얼마만큼 미끄러지고 뒤로 밀리고 앞으로 기었다가, 네 발로 올라갔다를 반복하며 온 것인지 알 수가 없다. 빅듄의 얼마만큼을 지나 어느 위치에 올라 있는 것인지도 전혀 알 길이 없다. 몇 개의 빅듄을 지나왔는지도 헤아릴 수가 없다. 그저 눈에 보이는 것은 끝이 보이지 않는 빅듄, 빅듄, 빅듄 뿐이라는 것뿐. 끝날 것 같지 않은 모래 언덕의 바다에서 나는 표류하고 있었다. 그러고 보니 빅듄에 들어서면서부터는 길을 알려주는 분홍색 표식을 본 기억이 없다. 뭐지? 이 불안한 느낌은?

갑자기 불어온 돌풍에 눈마저 뜰 수 없는 상황에서 나는 방향 감각마저 잃고 말았다. 선수들의 발자국마저 돌풍 한 번에 모두 쓸려나가 이제는 아무것도, 아무도 보이지 않았다. 보이는 것이라고는 전라의 빅듄이 황금빛 속살을 보이며 요염하게 드러낸 곡선뿐이다. 다시 정신을 차려 힘겹게 한 발을 들어옮겼다. 어찌 됐든 나는 살아서 이곳을 나가야 한다. 그 생각만 하자. 지금은 그 생각 하나만 하자. 우선 잃어버린 길부터 찾아야 했다. 무슨 생각으로 내가 이곳에 왔었던가는 나중에 생각하자.

지금 중요한 건 내가 주로에서 벗어나 있다는 것, 철저하게 나 혼자 남았다는 사실이다.

어디서부터
잘못된 건지

어디서부터 잘못된 것일까? 전날 나는 체크포인트를 휴식 없이 지나쳐 베이스캠프까지 왔다. 첫날이라 잔뜩 긴장해 있었고 내 페이스가 빠른 것인지 느린 것인지 알 수 없어 할 수 있는 한 무조건 빠르게 움직이고자 했다. 원래 베이스캠프 사이에 있는 체크포인트에서는 다음 코스를 위해 선수들이 쉬어 가면서 물을 보충하고 기력을 회복하는 것이 좋지만 나는 다음 코스에서 길을 잃고 헤매게 될 경우, 휴식에서 쓴 시간마저 더해져 '타임 오프'를 당할 수도 있다는 생각이 들었다. 각 구간마다 정해진 시간이 있어 그 안에 체크포인트에 도착하지 못하면 실격 처리 됐다. 만약 길을 잃지 않는다 하더라도 다음 구간의 난이도가 높은 경우 제한 시간 내에 들어오지 못할 경우가 생길 수 있으므로 나는 잠시의 휴식도 마음 놓고 취할 수 없었다. 만약 몸 상태가 좋지 않았더라면 체크포인트에서 쉬어갈 생각을 했겠지만, 그때까지만 해도 대회 초반이라 체력은 견딜만했다. 어찌 됐든 나는 베이스캠프 사이에 있던 체크포인트 두 곳에서 물만 보충하고 지나왔음에도 대회 첫날을 무사히 넘길 수 있었다.

그것이 문제였을까? 나는 다음 날도 첫째 날 식으로 레이스를 준비하면 된다고 생각했다. 그리고 전날과 마찬가지로 좀 빠르게 움직여 첫 번째 체크포인트에 도착했다. 다행히 첫 구간까지는 아무 문제가 없었다. 오히려 제한된 시간보다 1시간 20분 빠르게 첫 번째 체크포인트에 도착했다. 그리고 전 날과 마찬가지로 휴식 없이 물만 보충해서 출발하고자 했다.

　　그런데 물만 보충해서 빠르게 출발하려는 나를 갑자기 자원봉사자가 잡았다. 보통 체크포인트에 들어오면 개인별 GPS에 내 번호가 인식되어 들어온 시각이 확인되고 자원봉사자로부터 물을 받아 보충할 수 있도록 되어 있다. 여느 때와 같다면 자원봉사자가 내 개인별 식별표에 제한된 시간 안에 들어왔음을 표시해주고 물을 얼마나 받아 갈 것인지 묻도록 되어 있는데 이날은 묻지도 않고 무조건 내 양손 가득 세 통의 물을 들려주었다. 1.5L의 물이 세 통이면 그것만으로도 4.5kg의 무게가 추가되므로 나는 한사코 한 통의 물을 고집했다. 물을 얼마만큼 받아 갈 것인지는 개인의 의사로 결정할 수 있었다. 지금까지 나는 각 구간의 체크포인트에서 두 통의 물을 권하는 것을 한 통의 물만 받아서 보조 백에 담아 사용해 왔다. 보통 12km 내외인 한 구간에서 1L 정도의 물을 소비하는 것만으로도 충분했기에 나는 보통 때처럼 1.5L 한 통의 물만 받으려 했던 것이다.

그러나 내 앞의 자원봉사자 눈빛은 너무나 확고했다. 그의 태도에서 이 세 통의 물을 받아 가지 않는 이상 너를 그냥은 보내주지 않겠다는 강경함이 보여, 나는 하는 수없이 세 통의 물을 받아 잠시 첫 번째 체크포인트의 휴식 장소 근처로 자리를 옮겼다. 그곳에 사용한 물통을 버리고 가는 수거함이 있었다. 만약 사용한 물통과 뚜껑을 지정된 장소의 수거함에 버리지 않는다면 페널티가 부여되고 벌점과 함께 제한된 시간을 더 앞당기는 결과를 얻게 된다. 자원봉사자는 끝까지 세 통의 물을 받아 갈 것을 권했지만 나는 결국 나머지 두 통을 고스란히 버리고 출발했다. 보통 두 통의 물을 권한 것에 비해 더 많은 양의 물을 권하는 것이 이상했지만 나는 별스럽지 않게 이 일을 넘겼다.

사막의 태양 아래 가장 뜨거운 신체 부위를 고르라 한다면 단연 머리가 으뜸일 것이다. 지금 내 머리 위에서는 계란 프라이도 가능하겠다 싶었다. 그것도 완벽한 완숙으로. 그래서 선수들은 휴식 중 머리에 물을 들이붓기도 한다. 열기를 식히기 위함이다. 그렇지만 나는 한 번도 머리에 물을 붓지 않았다. 안 그래도 머리카락 사이사이로 모래가 들어가 엉망인 것을 물까지 부어 더 험한 꼴로 만들고 싶지 않았다. 젖은 머리에 그대로 모자를 쓰는 것도 찜찜했고 제대로 감지 못한다면 아예 손을 대지 않는 것이 낫겠다고 생각했다.

그런데 대회 둘째 날 몇 개의 빅듄을 넘는 사이 나는 두고 온 물을 내내 후회하며 찾고 있었다. 자원봉사자가 첫 번째 체크포인트를 출발할 때, 왜 다른 때 하고 다르게 세 통의 물을 꼭 받아 가라고 했는지 그제야 이해가 갔다. 당장 버리고 온 물통을 어떻게든 굴려와 내 머리 위에 쏟아붓고 싶었다. 이대로 버티다가는 전신에 화상을 입고도 남을 것 같았다.

완주고 뭣이고 다 개똥같은 소리다. 우선 살아야 완주를 하던 뭣을 하던 하지. 그동안 힘든 순간마다 나는 완주를 떠올리며 이를 악물었다. 어떻게 온 사하라인데 겨우 이 정도에 무너질 수 있단 말인가. 스스로 격려하고 다그치면서 조금만 더 힘을 내서 완주의 기쁨을 누려보고자 했다. 그런데 이제 정말 여기가 끝인가 싶다. 드디어 한계가 온 모양이다. 죽을 것 같았다. 숯가마에 들어앉은 느낌이다.

둘째 날의 첫 번째 체크포인트에서 두 번째 체크포인트까지는 13km, 보통 이 정도의 거리라면 코스의 난이도를 고려하여 3시간을 전후한 제한 시간을 주었을 텐데 이 날은 같은 거리에 비해 훨씬 더 긴 5시간 10분을 제한 시간으로 주었다. 그때 알아봤어야 했다. 자원봉사자가 왜 그토록 강경하게 더 많은 물을 들고 가라고 했는지 눈치챘어야 했다. 바보스러울 만치 아무것도 모르는 순진함으로 나는 빅듄이 파도치는 에르그 안으로 들어서고 말았다. 둘째 날의 두 번째 체크포인트까

지의 코스는 지금까지와는 완전히 급이 다른 코스였다. 때로 순진함은 무식함을 동반하기도 한다. 그리고 그 무식함은 무모함을 불러일으키기도 한다.

처음 나는 배짱 좋게 '어디 해볼 테면 해 봐라' 하는 식으로 겁 없이 빅듄에 올랐다. 오르고 기고 미끄러지고 밀리고 다시 오르고 기고 미끄러지고 밀리기를 반복하며 수십 개의 빅듄을 넘었고 넘어온 빅듄에는 100m급의 빅듄도 포함되어 있었다. 그것도 스틱 없이 온전히 두 다리의 힘만으로 버티며 올라선 빅듄이었다. 그렇게 오랜 시간 반복된 빅듄과의 사투에서 나는 완전히 방전되고 말았다. 너무 힘든 마음에 당장이라도 이 구간을 설계한 사람을 불러다가 니가 한 번 넘어보라고 하고 싶었다. 인간의 체력으로 이게 가능한 일인가 싶기도 했다. 적어도 양심이 있다면 어느 정도 빅듄을 넘게 했으면 잠시 숨돌릴 평지를 걷게 했어야지. 어떻게 주구장창 빅듄, 빅듄, 빅듄만 넘게 할 수가 있느냐고.

발이 푹푹 빠지는 빅듄 사이의 모래 능선을 걷는 일 또한 쉬운 일은 아니었다. 보통 체력의 두 배. 세 배 이상의 힘이 들었다. 이러다가 누구 하나 쓰러져 죽는다 해도 이상할 것이 없겠구나 싶었다. 그 누구 하나가 어쩌면 내가 될지도 모른다는 생각에 온갖 욕설이 터져 나왔다.

"당신이 인간이야? 인간이라면 어떻게 이런 코스를 짤 수 있어? 이건 아예 사람 더러 죽으라는 거잖아? 여기를 어떻게 넘어서 가라는 거야? 당신이라면 그게 가능하겠어? 어떻게 사람을 이런 곳에 몰아넣을 수가 있느냐고…."

나는 코스 설계자를 향해 악다구니를 퍼부으며 빅듄 사이에서 또 한 번 오르고 기고 미끄러지고 밀리고를 반복했다. 그러는 사이 사하라를 다녀온 선배들의 말이 떠올랐다. 사하라를 한 번 다녀오면 반드시 다시 가고 싶은 생각이 들 거야. 분명 선배들의 말처럼 두 번, 세 번씩 사하라를 다녀온 사람도 있고 다시 다녀올 생각으로 새롭게 준비하는 사람들도 있었다. 순간 그들을 생각하며 '미쳤지' 하는 말이 튀어나왔다. 만약 내가 알고 있는 누군가가 이곳에 온다고 한다면 나는 어떻게 해서든지 그 사람을 여기에 못 오게 할 거다. 이제 모래라면 아주 지긋지긋했다. 다시는 사하라에 오지 않을 거다.

보이는 모든 것이 전부 모래였다. 그나마 불어오는 모래 돌풍에 눈앞의 것들마저 제대로 볼 수 없었다. 모래 돌풍에 섞인 작은 입자의 모래 알갱이가 몸의 구석구석을 파고들어 살갗을 따끔거리게 했다. 아니, 아팠다. 작은 유리 파편들이 온몸으로 날아와 박히는 느낌이었다. 빅듄 위에서 맞이한 모래 돌풍은 성인 한 사람을 휘청거리게 할 만큼의 위력을 가지고 있었다. 가뜩이나 떼기 힘든 걸음으로 느려진 속도에 돌풍까지 맞게 되니 과연 제한 시간 안에 두 번째 체크포인트까지 갈 수 있을지 걱정이 됐다. '아무래도 쉽지 않겠지' 하는 생각이 들면서 기운이 쑥 빠져나갔다.

'아 유 오케이?'라는 말을 들은 건 그 후로 한참이 지난 후였다. 아무리 봐도 길을 잘못 든 것 같아 한동안 주로를 찾기 위해 헤매다가 다리가 풀려 주저앉았는데 그 이후로 얼마만큼의 시간이 흘렀는지 알 수 없었다. 내게 괜찮냐고 물은 사람은 얼굴이 하얀 프랑스 남자였다. 나는 탈진하여 햇빛에 노출된 채 오래도록 방치되어 있었던 듯했다. 마실 물도 없이 정신이 몽롱한 채 있었고 사람들은 그런 나를 흔들어 정신을 차리게끔 했다. 갑작스러운 웅성거림에 조금씩 정신이 돌아왔다. 나를 흔들어 깨운 백인 남자가 계속해서 내게 이것저것을 묻고 비어 있는 물통을 확인하며 더 이상 내게 물이 없는지를 물었다. 나는 그에게 빈 물통을 흔들어 보이며 더 이상 물이 없다는 뜻을 전했다. 그러자 그는 자기 물을 내게 주면서 물을 마시라고 했다. 나는 순식간에 그의 물통에서 반 이상의 물을 마셨다. 내가 물을 마시는 사이 그는 내 물통에 자기 물을 따라서 가득 채워 주었다. 그의 물통도 금방 바닥을 보였다.

계속해서 내 상태를 살핀 그는 이번에는 내게 정제염을 먹었는지를 물었다. 가만 생각해보니 정제염을 먹은 기억이 없다. 나는 그에게 내 가방에서 정제염이 들어있을 만한 곳을 말하며 찾아달라고 부탁했다. 내가 찾으면 간단했지만 나는 몸을 움직일 기운조차 없었다. 그는 가방 안의 이쪽저쪽을 찾아보다가 정제염이 보이지 않는다고 했고 나는 억지로 몸을 움직여 가방 안을 뒤지다가 곧 정제염 찾는 것을 포기했다. 원래 운영위에서 대회 시작 전 모든 선수에게 정제염을 넉넉하게 나눠주고 필히 먹을 것을 권했다. 나는 탈진한 데에다 햇빛에 오래도록 방치되어 있었던 탓에 정신이 혼미해 오전 중 정제염을 먹고 출발한 것인지 아닌지조차 뚜렷하게 기억나지 않았다. 결국 나를 챙겨준 프랑스 남자가 자신의 정제염을 어느 정도 덜어 내게 주고 그중 두 알을 내게 먹으라고 했다. 나는 두말없이 받아서 물과 함께 정제염을 삼켰다.

　남자가 그의 버프buff인지 손수건인지 모를 것에 물을 적셔 내 이마와 얼굴에 갖다 댔을 때라야 나는 어느 정도 정신이 돌아왔다. 우선 먼 곳에서 들려오는 것 같았던 사람들의 소리가 크고 분명하게 들려왔다. 어느새 여러 명의 사람들이 나를 둘러싸고 하나같이 괜찮냐고 묻고 있었다. 나는 일단 그들을 향해 "아임 오케이."라고 대답했다. 그래야만 그들도 나도 안심이 될 것 같았다. 나는 여러 번 "아임 오케이, 노우 프라블럼."이라고 말했다. 그리고 가방을 챙겨 일어서고자 도움을 청했다. 곁에 있던 남자가 나를 부축하고 일으켜 세우려 했지만 내가 단번에 일어서지 못하고 아래로 처지자 옆의 여자까지 힘을 합쳐 나를 일으켜 세워주었다. 간신히 일어선 나는 기운을 차리고자 물을 더 마시고 정신을 챙겼다. 곁에 선 여자가 구급차를 부르겠다고 했으나 나는 원하지 않았다. 내 걸음으로 끝까지 가고 싶었다. 제한된 시간을 넘겨 타임 오프를 당하는 한이 있더라도 내 의지로 가야지 구급차를 타고 가고 싶지는 않았다. 그건 결국 포기를 의미했다.

그럼에도 불구하고 내 상황을 안 좋게 본 여자는 결국 주변을 지나던 구급차를 불렀고 의료진 두 명이 내게 다가와 상황을 살폈다. 의료진은 곧 내 상황을 파악하고 이미 얼굴이 누렇게 뜬 채 기진맥진해 있는 내게 기권을 권했다. 우려했던 최악의 상황이 벌어지고 만 것이다. 나는 그들을 보며 계속 "아임 오케이, 노우 프라블럼."이라고 말했다. 의료진 또한 내게 계속해서 구급차에 탈것을 권했지만 나는 끝까지 말을 듣지 않았다. 그들은 결국 내게 화를 냈고 심지어 내 팔을 잡고 강제로 차에 태우려고까지 했다. 나는 여기서 우물쭈물하다가는 그들에게 끌려 메디컬 차를 타게 될 것 같아 그들보다 더 큰 소리로 '내가 할 수 있다는데 당신들이 뭔데 하라, 마라 하는 거냐!'며 우악스럽게 팔을 빼냈다. 물론 급한 김에 한국말로 소리쳤는데 신기하게도 그들이 알아들으며 한발 물러서는 듯한 모습을 보였다. 나는 이때다 싶어 상황을 정리하고 자리를 털고 빠르게 걸음을 옮겼다. 더 있다가는 구급차에 강제로 태워

질지 모른다는 위기감에 반짝 힘이 났다.

그렇게 도망치듯 사람들에게서 빠져나온 나는 다시금 빅 듄을 마주하게 됐다. 조금도 봐줄 마음이 없어 보이는 거대한 듄이 앞에서 나를 내려다보고 있었다. 두 번째 체크포인트까지 주어진 다섯 시간에서 이미 네 시간 이상이 지나 있었다. 얼마 남지 않은 시간이었지만 그렇다고 이대로 같은 자리에서 계속 머무르며 시간을 보낼 수는 없었다.

지나온 곳을 되돌아보니
빅듄이 있었어

이제 남은 시간은 얼마 되지 않았다. 두 번째 체크포인트까지 얼마만큼의 거리가 남은 것인지 알 수 없었다. 4시간 이상을 빅듄을 상대했으니 많이 지치기도 했지만 그만큼 지나온 거리도 만만치 않을 것이다. 일단 가볼 수 있는 만큼은 최선을 다해서 가보는 거다. 비록 제한시간을 넘겨 '컷 오프(실격)' 당할지라도 마지막 한계에 이르러 기권하는 순간이 오더라도 일단은 끝까지 가보자. 조금만이라도 더 가보자. 나는 한 발, 한 발에 모든 기운을 쏟아 부으며 앞으로 나아갔다. 그 사이 뒤에 오던 세훈이와 데니가 나를 앞질러 갔다.

세훈이는 앞서가며 걱정스러운 듯 "이모 갈 수 있겠어요?"라고 물었지만 나는 괜찮다는 말로 두 사람을 앞서 보냈다. 어느 순간 외다리 청년도 나를 앞질러 갔다. 무거운 내 걸음에 비해 티타늄 의족으로 걷는 그의 걸음은 가뿟하니 가벼워 보이기까지 했다. 시각장애인과 그의 도우미도 나를 앞서갔다. 나는 이제 후미 그룹에서도 최하위 그룹으로 뒤쳐진 듯했다. 장애를 가진 사람들도 나보다 빨랐다. 나를 앞서간 사람들은 금방 시야에서 사라지고 언제 끝날지 모를 빅듄의 행렬만 보고 있자니 언제 이곳을 벗어날 수 있을지 아득하기만 했다.

어찌 됐든 이곳을 벗어나는 게 먼저일 듯싶어서 마지막 힘을 내어보기로 했다. 그렇지만 다시 만난 빅듄도 만만치만은 않았다. 내가 빅듄에서 오르고 미끄러지기를 반복하다 힘이 빠져 중간에 멈춰 서 있자 뒤에서부터 올라오던 사람이 내 앞을 가로질러 올라서더니 내게 불쑥 손을 내밀었다. 자기가 끌어줄 테니 손을 잡고 올라서라는 뜻 같았다. 빅듄에서는 누구라도 힘들다. 누구는 힘들고 누구는 힘들지 않은 것이 아니다. 모두가 똑같이 힘들고 지쳐 힘이 빠지는 구간이다. 그럼에도 불구하고 그 지친 와중에 내게 손을 내밀어 준 그가 너무 고마웠다.

그가 만들어준 기회를 놓치고 싶지 않아 나도 어떻게든 그의 손을 잡고 올라보려 애썼지만 몸은 마음을 따라주지 못했다. 모래에 푹 파묻힌 발이 문제였다. 내가 쉽사리 발을 떼지 못하자 어느 순간 나타난 누군가가 내 뒤를 받쳐주었다. 뒤돌아보니 영국 여자가 '내가 받쳐줄 테니 힘을 내서 올라봐' 하는 뜻의 미소로 환하게 웃고 있었다. 나 하나를 끌어올려주겠다고 한 사람은 앞에서 잡아주고 다른 한 사람은 뒤에서 밀어주는 꼴이 되고 말았다.

나는 결국 두 사람의 도움으로 빅듄의 끝에 올라설 수 있었다. 체력이 다해 속도가 느려진 나는 더 지체할 시간이 없어 그들을 먼저 보내고 혼자가 되어 나머지 구간을 이어갔다. 상당수의 사람이 이미 앞서 간 상황이라 더 이상 사람의 모습을 보기가 힘들었는데, 나는 얼마 가지 않아 운 좋게 앞서가고 있는 다른 선수들을 만날 수 있었다. 그들의 손에 들린 스틱이 너무나 부러운 순간이었다. 스틱만 있었더라도 이만큼 지치지는 않았을 것이다. 나는 배낭의 무게를 최소화하기 위해 어쩔 수 없이 스틱을 포기했다. 그런데 처음 빅듄을 오르던 순간부터 모로코로 부친 스틱 생각이 간절히 나면서 큰 실수를 했다는 생각이 들었다. 모래 언덕을 오를 때에는 스틱을 사용하는 것이 힘을 줄일 수 있는 최선의 방법이었다. 많은 사람들이 스틱을 이용해 모래 언덕을 넘어가는 사이 나만 혼자서 모래 언덕을 구르고, 미끄러지고, 밀리고를 반복했다는 생각에 억울한 기분마저 들었다.

'저 스틱만 있었어도 지금 이런 생고생을 하지 않았을 텐데.'

가져보지 못한 것에 대한 열망이랄까? 나는 스틱 생각에 지독히 몰입해 있었다. '그래, 바로 저거야. 저 스틱! 지금 내게 필요한 건 스틱뿐이라고.' 나는 더 이상 망설일 필요가 없었다. 그 순간 용기도 아니고 객기도 아닌 정말 말도 안 되는 생각이 불쑥 떠올랐다.

'앞에 가는 선수에게 빌리자. 저 선수에게는 지금 스틱이 두 개나 있고 내게 하나를 빌려준다 해도 스틱 하나가 남을 테니 그에게 그다지 큰 어려움은 없을 거야. 어떻게든 저 스틱을 빌려보자. 그가 안 된다고 하면 마는 거고.'

밑져야 본전이라는 생각에 나는 당장에 앞서가던 선수를 불렀다.

"헤이, 헤이."

그는 내가 부르는 소리를 듣고 일단 멈추어 서서 얼굴이 노란 동양 여자를 무슨 일인가 하는 눈으로 살폈다. 나는 영어로 할 수 있는 온갖 표현을 다 동원해서 스틱을 빌리고자 하는 뜻을 전했다.

"내가 지금 몹시 지치고 힘든 상황이야. 이제 더는 걸을 힘도 없어. 그래서 말인데, 너의 스틱 중 하나만 좀 빌릴 수 있을까? 내 텐트 번호는 29번이고 나는 '코리아 임'이라고 해. 스틱은 사용 후 네 텐트로 가져다줄게. 베이스캠프에 도착하면 바로 가져다 줄 수 있어."

그는 내 말을 알아듣고 사람 좋은 웃음을 지어 보이며 선뜻 스틱을 빌려주었다. 그것도 하나가 아닌 두 개 모두를 내게 내밀며 모두 사용해도 좋다고 하였다. 그래도 양심이 있지. 두 개를 다 빌릴 수는 없어 나는 극구 하나만 빌리겠다고 고집을 부렸다. 그러자 옆에 있던 또 다른 선수가 자기 스틱 중 하나를 넘겨주며 이렇게 해서 하나씩 들고 가면 되겠다고 제안했다. 모두 내 마음을 편하게 하면서 도움을 주고자 하는 그들

의 배려였다. 칼만 안 들었지 반 날강도나 다름없이 스틱을 강
취한 나는 그들이 알려준 텐트 번호 '69'를 중얼거리며 그들과
헤어졌다. 그들과 동행할 수 없을 만큼 내 걸음이 느려 도저히
그들을 따라갈 수 없었다. 그들이 나 하나를 보고 한국 사람들
은 모두 저렇게 변죽이 좋다거나 아니면 당돌하다거나 아니면
뻔뻔하다고 생각하지 않기를 기도할 뿐이었다. 나도 상황이
웬만했다면 그러지 않았을 거라고 변명을 늘어놓으려 해도 이
미 상황은 종료되었고 내 손에는 보란 듯이 스틱 두 개가 나란
히 들려 있었다. 어찌되었건 이제 나는 스틱 덕분으로라도 좀
더 속력을 내야 했다.

내가 두 번째 체크포인트에 도착했을 때는 제한 시간인 5
시 30분보다 이른 4시였다. 그렇지만 첫 번째 체크포인트을
떠난 시각이 오전 11시였으니 두 번째 체크포인트까지 주어
진 5시간 10분에서 꼬박 다섯 시간을 지나 빅둔 지대를 넘어
온 것이라고 보면 된다. 주어진 제한 시간 5시간 안에서 고작
10분을 남겨둔 상황이었으나 첫 번째 체크포인트까지에서 줄
여놓은 시간 차 때문에 좀 더 이르게 도착한 것처럼 보였을 뿐
이다. 만약 더 늦게 도착했더라면 나는 두 번째 체크포인트까
지 제한 시간을 넘겼거나 바짝 조여든 시간으로 고전을 면치
못했을 것이다.

이렇게 해서 빅둔을 넘어온 나는 결국 대회 둘째 날 처음으로 메디컬 센터를 이용하게 됐다. 내 발로 메디컬 센터를 찾은 나는 곧 군용 막사처럼 쳐진 텐트 안으로 들어가 기절하듯 눕고 말았다. 배낭을 내려놓는 순간과 몸을 눕히는 순간 모두 비명같은 신음 소리가 나도 모르게 새어나왔다. 곧 의료진이 다가와 이것저것 질문을 하고 혈압을 체크하는 등 내 상태를 확인했다. 손가락을 두 개 폈다가 네 개를 접었다 하면서 숫자를 헤아려 보게 하고 눈을 뒤집어 풀어진 동공의 상태를 들여다보기도 했다. 나는 그들에게 아픈 것이 아니라 많이 지친 것뿐이라고 설명했지만 그들은 걱정스러운 듯 나를 보며 기권하는 것이 어떻겠느냐고 했다. 지금 빅둔을 넘어온 나에게 이 사람들이 뭐라고 하는 거야?

"절대 기권 안 할 거야. 절대로!
I'll never give up, Never, never!"

그들에게서 기권이라는 말을 들은 나는 손사래까지 치며 몸을 일으켰다. 의료진은 절대 지금 출발할 수 없다며 강경한 태도로 나를 말렸다. 의료진에게 잡힌 나는 하는 수없이 그들이 하라는 대로 잠시 휴식을 취한 후 출발하기로 했다. 당장 출발하고 싶어도 의료진 중 한 명이 딱 붙어 지키고 있어서 마음대로 출발할 수 없었다. 그는 지쳐있는 내게 경구용 전해질을 먹으라고 권했다. 맛을 보니 미지근한 물에 조미료를 잔뜩 타놓은 맛이 나서 먹는 순간 구토가 올라왔다. 그때까지 구토를 해본 적이 없었는데 의료진이 권해준 것을 먹고 나서는 머리가 울리도록 토악질을 해댔다. 내가 먹은 것을 올리자 의료진은 더욱 강경하게 너는 출발할 수 없다고 쐐기를 박았다.

'이런 젠장!' 그 힘든 빅듄을 죽을 둥 살 둥 다 넘어와서는 여기서 출발할 수 없다니. 이제 베이스캠프까지는 6.5km밖에 남지 않은 상황인데 이게 말이 돼? 당신 같으면 그만두겠어? 나는 가는 길에서 끝이 나더라도 이대로 메디컬 센터에서 기권을 할 수는 없다고 생각했다. 어떻게든 두 번째 체크포인트를 출발해 베이스캠프로 향해야 했다. 나는 의료진의 눈치를 살폈고 의료진은 내 주변에서 떠나지 않았다. 둘의 팽팽한 신경전이 한창 되던 때 나보다 상황이 더 심각해 보이는 사람이 다른 사람에게 업혀 들어왔다. 나를 돌봐주던 의료진이 드디어 내게서 관심을 거두고 그에게로 갔고 나는 이때다 싶어 얼른 배낭을 들고 도망치듯 나와 마지막 베이스캠프로 향했다.

대회 둘째 날의 구간은 총 32.5km로 주어진 시간은 11시간이었다. 첫 번째 베이스캠프를 출발한 시각이 오전 8시 30분이었으니 베이스캠프까지는 19시 30분까지 도착해야 했다.

두 번째 체크포인트에서 기권을 권한 의료진을 뒤로 하고 도망치듯 나온 나는 베이스캠프에 17시 40분에 도착했다. 제한된 시각보다 1시간 50분 빠른 시간이었다.

베이스캠프에 도착하니 세훈이만 있고 데니와 브라이언이 보이지 않았다. 두 사람의 안부를 묻자 데니는 발에 물집이 심해 메디컬 센터에 치료를 받으러 갔고 브라이언은 텐트 밖에서 구토 중이라고 했다. 브라이언은 대회 첫째 날 33위를 할 만큼 강철 체력을 가지고 있었는데 둘째 날의 빅듄은 그런 그에게도 힘들었던 모양이다.

세훈이는 데니의 저녁 준비를 도와 물을 끓이고 있었다. 나 또한 출발 전 아침으로 20g의 누룽지를 먹은 것이 다였기에 저녁을 준비해야 했지만 저녁을 먹기 위해 불을 피우고 물을 끓이고 밥을 준비하는 것이 쉽지 않았다. 두 번째 체크포인트를 출발하면서 뒤틀린 속이 계속 울렁거렸고 심한 어지러움증까지 더해져 앉아 있는 것조차 힘들었다. 하루 종일 12kg 이상의 배낭을 멘 어깨에 피멍이 올라왔고 허리, 무릎, 발까지 성한 곳이 없었다. 나는 일단 자리에 누워 숨이 편안해지기를 기다렸다. 누워 있자니 대회의 매순간이 떠오르면서 전날 스타트 라인에서 만났던 63세 영국 할머니 앤과 68세 세네갈 할머니 바르바바가 떠올랐다. 두 사람은 무사히 왔을까? 차례차례 내가 만났던 사람들을 떠올리다가 빅듄에서 만난 외다리

청년과 시각 장애인 그리고 그를 돕던 도우미 선수까지 생각났다. 그들 모두 빅듄을 무사히 넘어 왔을지 궁금했다.

누구에게나 각자 넘어야 할 자신만의 빅듄은 있는 법. 그것을 어떤 방식으로, 어떤 속도로 넘을까 하는 것은 각자의 판단이고 몫일 테지. 나는 지금 나만의 빅듄을 넘어왔다. 오르고 기고 미끄러지고 밀리고를 반복하며 때로는 나를 이끌어준 손을 잡았고 또 때로는 뒤에서 밀어주는 사람을 만나기도 했으며 스틱의 도움을 받기도 했고 나를 걱정해주는 이들을 지나기도 했다. 나보다 좋지 않은 조건으로 빅듄을 넘는 사람들을 보았고 분명 나를 앞서는 사람들도 있었다. 더는 못하겠다 싶어 포기하고 싶은 순간도 있었고 하고자 하는 의욕은 있으나 몸이 따라주지 않는 때도 있었다. 간신히 빅듄을 넘었다 싶을 때 그보다 더한 빅듄이 나타나 모든 의지를 한순간에 꺾는 때도 있었다. 또 예상치 못한 돌풍을 만나기도 했다.

그때마다 나는 조금만 더 가보자, 조금만 더 힘을 내보자고 했다. 내딛는 순간의 한 걸음 한 걸음에 최선을 다했을 뿐 지금 당장 저 빅듄을 넘자는 생각은 하지 않았다. 지나온 곳을 돌아보니 그 자리에 거대한 빅듄이 있었을 뿐이다.

저마다의 사하라,
저마다의 빅듄

사람들은 저마다 가슴속에 자신만의 사하라와 빅듄을 가지고 있다. 그리고 그중에는 아직 넘지 못한 빅듄도 남아있다. 내 안의 빅듄은 어떤 모습일까?

어린 시절 나를 가장 힘들게 했던 건 부모님의 이혼이었다. 나는 아직도 가끔 그 시절의 '나'를 만나곤 한다.

자다가 아빠를 부르며 선잠에서 깼다. 목울대부터 올라오는 뜨거움이 잠에서 나를 깨웠다. 꿈인지 생시인지를 더듬으며 짓무른 눈가 눈물부터 확인해본다. 꿈인가…보다. 꿈인 것을 확인하였지만 아직도 꿈속에서 벗어나지 못한 나는 거의 공포스러움에 가까운 무언가에 가위눌린다.

'혼자'라는 그 공포는 몇 십 년이 지난 세월에도 무뎌지지 않는다. 이혼 후 엄마는 생계를 꾸리기 위해 집을 며칠씩 비우셨고 나는 언니랑 둘이서 생활했다. 세 살 터울 언니는 학원에 다녔으므로 수업을 듣고 밤늦게 귀가했다. 나는 가끔 초저녁 선잠에 들었다가 무엇인가에 가위눌리며 소스라치듯 깼다. 어둠이 불러오는 한밤의 공포에 놀란 나는 온몸을 떨며 울었다. 어떻게 몇 십 년이 지난 그 순간 그 시간의 공포가 이렇게 생생하게 전해져 올까?

마당에는 살림살이가 제법 쏟아져 나와 있다. 엄마는 다같이 죽자며 악을 쓰고 있고 나는 전율에 가까운 공포를 느낀다. 아빠가 뭔가를 해주기를 바라지만 어린 내가 아빠에게 할 수 있는 말이란 "아빠가 참아"란 말뿐이다.

그날 육상부 훈련으로 운동장을 돌고 온 나는 온몸이 땀에 젖어 귀가했다. 뭔가가 들어 있는 박스 몇 개가 눈에 띄었는데 그 사이로 삐죽이 나온 아빠의 사진 액자가 보였다. 평소 아끼시던 사진이기에 그것이 아빠의 짐이라는 것을 금방 알아볼 수 있었다. 아빠는 주섬주섬 짐을 챙기는 중이셨다. 나는 아무 생각 없이 짐을 꾸리는 아빠 곁에서 총총 마당의 턱을 올랐다 내렸다 하며 두 다리로 종종종 뛰었다. 마치 흥겨운 노래에 박자를 맞추듯 보였을 것이다. 아빠가 짐을 들고나가다 그런 나를 보았다. 그럼에도 나는 뜀뛰기를 멈추지 못했다. 아빠는 나를 보며 "넌 아빠가 나가는 게 그렇게도 좋으냐?" 하셨다. 그리고는 짐을 들고나가셨다. 나는 아빠에게 가지 말라는 말도, 어디로 가는 것이냐는 소리도 하지 못했다.

당시 나는 이혼이 뭔지 몰랐다. 이혼의 개념이 무엇인지 아무도 자세히 알려준 적이 없다. 아빠가 집을 나간다는 것만 알았는데 난 더 이상 마당에 널브러지는 가재도구들을 볼 수 없다는 것에, 한밤 악을 쓰는 엄마의 모습을 그만 봐도 좋을 것이라는 생각에 안도했다. 그러다가 아빠가 나중에라도 다시 돌아오는 것인 줄 알았다.

아빠가 갔다. 내 눈앞에서…. '넌 아빠가 집 나가는 것이 그렇게도 좋으냐?'는 말을 남기고 갔다. 나는 그 말을 듣고 나서야 종종 뛰던 것을 멈추었다. 아빠를 바로 보지 못하고 운동화만 바라봤다. 아빠는 파란 대문을 밀고 사라졌다. 아빠를 잡아볼 생각도 못했다. 시간이 그렇게 대문 밖의 아빠와 대문 안의 내게서 멈추었다. 아빠 눈빛과 그날 그 시간의 음성이 그대로 거기서 멈추었다.

열두 살 봄, 꼭 이 무렵이었다.

내가 넘어온 빅듄이
'기적'이 되는 것뿐

그렇게 시간은 대문 안의 나와 대문 밖의 아빠에게서 갈렸다. 아빠는 내게 '너는 아빠가 집을 나가는 게 그렇게도 좋으냐?'는 말을 남기고 떠났다. 그때부터 그 말은 내 머릿속에서 똬리를 틀고 있다가 불쑥불쑥 가슴을 헤집고 그날의 그 시간 속으로 나를 되돌려 놓기도 했다.

파란 대문 안의 아이는 대문 밖의 아빠에게 어떤 말을 해야 하는지 적절한 말이 떠오르지 않아 여전히 운동화만 내려다보고 있다. 점점 아빠의 구두 소리가 들리지 않을 즈음 아이의 운동화 위로 굵은 눈물방울이 떨어졌다. 그제야 아무 말 없던 아이는 아빠와의 이별을 실감하고 가슴이 미어져 옴을 느꼈다. 아이의 눈에 그렁그렁 차오른 눈물방울이 운동화 위로 떨어지며 시간은 아스라이 현재로 돌아온다. '나'는 그 시간을 헤맸지만 여전히 아이에게 전해줄 적절한 말을 찾지 못했다.

아빠에게서 연락이 온 건 한 달쯤 후였다. 나는 영문도 모른 채 언니의 손에 이끌려 동네에서 조금 떨어진 중국집에 갔고 그곳에 들어서니 아빠가 있었다. 아빠와, 언니, 나…, 그리고 자장면이 덩그러니 서로를 지켜보며 말이 없는 채로 있었다. 한참을 침묵 속에 있던 아빠가 말없이 자장면을 내 쪽으로 밀어주셨다. 나는 그 자장면을 받아 참 맛있게도 먹었다. 언니는 웬일인지 자장면을 아예 입에도 대지 않았다. 그건 아빠도 마찬가지였다. 오로지 나만이 자장면 면발을 죽죽 잡아당겨 입에 넣고 자장면이 주는 달콤한 맛에 푹 빠져들었다.

간단한 식사를 마치고 아빠가 자리에서 일어나 자장면 값을 계산했다. 그리고 자장면 집 앞에서 '잘 들어가라'고 인사하며 언니와 내 어깨를 감싸 안았다. 언니는 어깨를 들썩이며 울었지만 그보다 더 어린 나는 눈물이 나지 않았다. 어이가 없을 장면이지만 난 눈물이 나지 않았다.

그리고 며칠이 지났다. 우연히 언니의 책상에서 흰 편지 봉투를 발견하고 그 안에 든 편지의 필적이 아빠의 것임을 알고부터 가슴이 뛰었다. 왠지 누군가에게 아빠의 편지를 읽고 있는 모습을 보이면 안 될 것 같아 나는 뛰는 가슴을 진정시킬 사이도 없이 공동 화장실에 들어갔다. 당시 우리 집은 4가구가 공동 화장실을 쓰고 있었다. 그 장소가 아무에게도 들키지 않고 편지를 읽기에는 적절한 것 같아 나는 화장실에 들어가 문을 잠갔다. 그리고 꺼내든 아빠의 편지…. 편지에는 아빠가 집을 나와 너희들 걱정에 잠 못 이루고 있다는 내용과 엄마 말씀 잘 들으라는 말, 이혼한 당시 아빠의 심경 등이 적혀 있었다. 편지에는 아버지의 고달픔과 힘겨움이 그대로 배어 있었다. 그리고 아빠가 보낸 얼마의 돈도 들어 있었다. 나는 그 순간 드디어 눈물이 터졌다. 흐른다는 표현보다는 터졌다는 표현이 적당하다 할만큼 많은 눈물이 터져 나왔다. 나는 입을 틀어막아 소리를 죽이면서 울었다. 그날 자장면 값을 계산하던 아빠의 등이 보였다. 자장면집 앞에서 내 어깨를 감싸고 울던 아빠의 빨개진 눈이 보였고 우리를 두고 뒤돌아 가던 아빠의 뒷모습도 보였다. 얼마 가지를 못하고 뒤돌아선 채 가는 아빠의 뒷모습을 말없이 바라보던 언니의 모습도 그 흐느낌도 들려왔다. 나는 계속되는 내 울음을 막을 길이 없었다. 그렇게 울고 있을 때 '넌 아빠가 집을 나가는 게 그렇게도 좋으냐?'는 아빠의 음성이 크게 크게 메아리쳤다.

얼마 전 아빠에게서 연락이 왔다. 생전 전화 없으시던 분이 먼저 전화를 한건 드문 일이다. 수화기 너머에서 아빠의 음성이 들려왔다.

"네가 어렸을 때 함께 해주지 못해 미안하다."

아빠가 그렇게 내게 전한 미안하다는 말은 어쩌면 자장면집에서 아빠가 이미 내게 했던 말인지도 모른다. 그때는 들리지 않았던 그 말이 몇 십 년을 돌고 돌아 다시 내게 전해졌다. 그땐 그 말을 받아들일 준비를 하지 못했던 것 같다. 세월이 흘러 들리지 않았던 '미안하다'는 그 말이 들리자 파란 대문 밖의 아빠 모습도 보였다.

　내가 지나온 빅듄을 돌아볼 때가 있다. 누구에게나 보이고 싶지 않은 상처가 있듯이 내 안의 빅듄도 그렇다. 돌아보는 것조차 상처가 되는 일들. 지나온 세월만큼 이제는 얼마나 멀어졌을까를 생각하며 넘어온 빅듄의 자리를 돌아본다. 이만큼 지나와서 보는 빅듄은 생각보다 더 큰 것도 있고 생각보다 작은 것도 있었다. 당시에는 보이지 않았던 빅듄의 지형이 지나온 후에야 비로소 보이기도 했다.

　앞으로 내 인생에 얼마나 많은 빅듄이 남아 있을까? 지금껏 넘어온 빅듄과 또 넘어야 할 빅듄 사이에서 나는 꿈꾼다. 두려워하지 않고 한 걸음씩 나아가길. 그것만이 내가 유일하게 알고 있는 빅듄을 넘는 방법이다. '기적'은 없다. 내가 넘어온 빅듄이 '기적'이 되는 것이다.

지금껏 넘어온 빅듄과
또 넘어야 할 빅듄 사이에서 나는 꿈꾼다.
두려워하지 않고 한 걸음씩 나아가길.
그것만이 내가 유일하게 알고 있는
빅듄을 넘는 방법이다.
'기적'은 없다. 내가 넘어 온 빅듄이
'기적'이 되는 것이다.

이런 기운은
어디서 나오는 걸까

대회 둘째 날 빅듄을 넘으면서 중도 탈락자가 12명이나 나왔다. 탈락자의 수만으로도 그날의 난이도가 쉽지 않았다는 것을 알 수 있다. 하마터면 나도 '타임 오프' 당하거나 의료진이 경기 참여를 제한하는 '닥터 스톱'을 당해 탈락자 명단에 이름을 올릴 뻔 했다.

의료진이 기진맥진해 있는 내게 미원 탄 물(경구용 전해질의 맛을 나는 이렇게밖에 표현하지 못하겠다)을 먹인 이후 나는 구토를 일으켰다. 아침에 겨우 물에 불려놓은 누룽지 20g을 먹었을 뿐이니 비어 있는 위장에서 올라올 것이라곤 노란 쓴 물밖에 없었다.

텐트에서 정신을 놓은 후 해가 져서야 기운을 차렸지만 이미 잠잘 준비를 하고 있는 텐트 안의 동료 선수들 때문에 달그락거리면서 뭔가를 해먹을 수 없었다. 상황은 더욱 안 좋아 때 아닌 두통과 울렁증이 나를 괴롭혔고 낮에 메디컬 센터에서 시작된 구토는 번번이 올라와 나를 힘들게 했다. 딱 죽을 맛이었다. 가지고 온 비상약으로 진정을 해야 했지만 그것 또한 쉬운 일은 아니었다. 나는 최대한 소리를 줄여 건조밥을 준비했다. 약을 먹기 위해서라도 밥을 먹어야 했지만 밥이 꼭 모래알처럼 입안에서 겉돌아 삼키기 힘들었다. 겨우 한 숟가락을 넘기면 영락없이 구토가 올라왔다. 그대로 눈물, 콧물, 쓴물까지 다 올리며 억지로 몇 숟가락을 더 삼킨 후, 나는 밥 먹기를 포기했다. 잠든 사람들 틈에서 밥 한 숟가락도 제대로 삼키지 못하고 구토에 울렁증에 두통까지 달고 있는 나를 보자니 '이게 뭔가' 싶었다. 이게 다 뭐라고 여기까지 와서 이 생고생을 하고 있는가 싶은 마음이 들었다.

겨우겨우 떠넘긴 밥 몇 숟가락 덕에 먹어야 할 약을 챙기니 두통약에 진통제, 근육 이완제와 울렁증을 가라앉히는 위장약까지 손바닥 안 가득이다. 억지로 약을 삼키고 눕자 이번엔 불편한 잠자리가 나를 괴롭혔다. 베르베르인들이 대충 쳐놓은 천막은 앞과 뒤가 트여 있어 사하라의 차가운 밤바람이 그대로 드나들었다. 게다가 바닥을 제대로 고르지 않은 상태에서 천막만 쳐놓아 누운 자리 아래로 돌이 박혀 등과 허리를 편히 누일 수 없었다. 그렇다고 일어나 바닥에 깔린 천을 들추고 박혀 있는 돌을 고르고 앉아 있을 수도 없는 형편이었다.

모두가 불편함을 이기고 잠을 자고 있었다. 나만 이리 누웠다 저리 누웠다 하면서 오지 않는 잠을 억지로 청하고 있었다. 이곳에서 잔지 사나흘 째이지만 사하라의 밤 추위에는 여전히 적응이 안 됐다. 그도 그럴 것이 낮 기온은 50도에 가깝고 4월 초 사하라의 밤 기온은 영하에 가까우니 일교차만도 자그마치 40도가 넘는다. 낮의 극심한 더위로 인해 사하라의 밤 추위는 실제보다 더 춥게 느껴졌다. 나는 몸을 잔뜩 웅크린 채 몰려드는 구토와 울렁증, 근육통과 두통을 끌어안고 어떻게든 잠을 자려고 애썼다. 그때에 오로지 드는 한 생각은 내일 아침 날이 밝는 대로 기권하고 돌아가자는 생각, 그뿐이었다. 완주도 사람이 살고 난 후의 일이다. 우선 살고 보자. 이대로 더 있다가는 여기서 죽을 것 같다는 생각이 들었다. 기권을 떠올리며 나는 잠이 들었다. 아니 밤새 기절한 것 같다.

새벽녘 가까스로 잠이 든 것을 위쪽 텐트의 소란스러움으로 억지로 잠에서 깼다. 어김 없이 새벽 5시에 위쪽 텐트의 누군가가 기상하고 그때부터 소란스러워진다. 남자들의 중저음 목소리라는 게 터널에서 울리는 파장과도 같아 새벽녘에는 더 크게 울리고 사운드가 스테레오 급이다. 알림이 따로 없다,

눈을 뜨니 전날 기권을 부를 만큼의 극심한 통증들이 잠잠해져 있었다. 자기 전 먹은 진통제의 효과 때문인지 그럭저럭 몸을 움직일만했다. 산뜻하다고는 할 수 없지만 기권을 부를 만큼의 통증은 아니어서 전날 밤 세워 둔 출발 전 기권이라는 계획은 수정을 필요로 했다. 그래, 이런 상태로 포기한다는 건 창피한 일이야. 여기까지 온 자존심이 있지. 우선 레이스를 이어가 보다가 정 안 되겠거든 그때 포기하자.

세훈이는 영상장비와 배터리가 든 20kg의 배낭을 메고 다녀서 양쪽 골반 허리 아래쪽 피부가 멍들고 다 벗겨졌다. 아침에 본 세훈이의 얼굴이 많이 부어있다 싶었는데 초록색 소변을 보았다는 얘기를 들은 이후로는 상태가 더욱 걱정스러웠다. 세훈이는 다리에 종종 경련이 일었고 슬리브를 신었던 종아리 쪽이 심하게 부어올라 있었다. 브라이언은 전날부터 계속된 구토 증상으로 아침도 제대로 먹지 못했고, 데니의 발 상태 또한 몹시 심각한 상황이었다. 양쪽 엄지발톱에 검은 멍이 올라왔고 발바닥과 발가락 사이의 크고 작은 물집으로 인해 피부가 벗겨지고 진물이 올라와 잘 걷지 못하는 모습이었다.

대회 3일차가 되니 모두 환자가 되어 있었다. 몸이 성한 사람은 아무도 없었다. 그중 아침에 누룽지라도 챙겨 먹은 나는

좀 나은 형편에 들었다. 물집 하나 잡히지 않은 멀쩡한 발이 오히려 보기에 민망할 정도였다. 그런데 이런 내가 가장 먼저 기권을 하다니 이건 정말 말이 안 되는 상황이다. 함께 대회를 뛰고 있는 선수들에게 창피하고 부끄러운 일이다. 우선 가보자. 나는 전날 밤 희망처럼 떠올린 기권을 미루었다. 정말 최선을 다해도 안 될 때, 백 번을 생각해도 내려놓는 것이 맞다 싶을 때 그때 다시 생각해 보는 거야.

나는 묵직한 배낭을 메고 다시 출발 라인에 섰다. 선수들의 몸 상태가 다들 좋지 않음을 알고 있는데 출발선에 선 사람들은 대회 첫날과 마찬가지로 모두 쌩쌩하게 '하이웨이 투 헬 Highway to hell'을 소리 높여 부르며 흥겨운 리듬을 타고 있었다. 그런 그들 중 게이터에 핏자국이 묻어 있는 선수들이 보이고 목과 팔, 다리 등에 햇빛 화상을 입은 선수들도 보였다. 나는 가까운 곳의 한 선수를 보고 "세상에! 네 다리 좀 봐!"라고 탄식처럼 내뱉었다. 햇빛 화상을 입은 심하게 입은 그의 종아리 쪽에서 고름과 진물이 잔뜩 배어 나오는 모습을 보았기 때문이다. 그의 다리에는 붕대가 감겨 있기는 했지만 워낙 고름과 진물이 심해 붕대 밖으로까지 진물 자국이 배어 나와 있었다. 그는 내 걱정과는 다르게 어깨를 으쓱하며 이 정도쯤은 괜찮아 하는 표정을 지었다.

나는 나도 모르게 미간에 잔뜩 주름을 잡았다. 도대체 이런 기운들은 다 어디서 나오는 거지? 모든 고통을 뒤로하고 사막을 달리는 그들의 모습이 새삼 놀라웠다. 뭘까? 이들을 달려 나가게 하는 그 무엇은.

대회 3일차의 출발 신호가 울리자 모든 선수가 앞으로 나아갔다. 고요와 적막 속에 오직 달리는 선수들의 발소리만 저벅저벅 들려왔다.

정제염의
역습

　대회 3일차 코스는 총 37.1km로 중간에 체크포인트가 3개 있었다. 첫째 날과 둘째 날에 비해 구간도 더 길어지고 거쳐야 할 체크포인트의 수도 늘어나 있었다. 3일차 뒤에는 무박으로 80km를 가는 롱데이와 42.2km를 가야 하는 5일차가 남아 있어 선수들을 더욱 긴장시켰다. 대회 후반으로 갈수록 코스는 점점 더 험난하고 힘들어졌다. 3일 차의 두 번째 체크포인트와 세 번째 체크포인트 사이의 9km는 암석과 모래가 섞인 산과 산을 계속해서 넘는 코스라서 보통 체력의 두, 세 배 이상 힘이 들었다. 그렇다고 모든 힘을 한 구간에서 모두 소진할 수는 없어, 남아 있는 구간 중 난이도를 살피며 남은 체력을 적절히 나누어 쓰는 지혜도 필요했다.

　빅듄도 마찬가지이지만 지나야 할 구간이 평지가 아닌 경우 자칫하면 높은 듄과 산등성이에 가려 앞사람을 놓치게 되는 경우가 있다. 특히 앞사람과 거리 차이가 많이 날수록 길을 잃고 고립될 가능성이 커지므로 그것도 주의해야 했다. 그렇지만 지쳐있는 체력으로 앞사람과의 간격을 일정하게 유지하며 간다는 것 또한 쉬운 일은 아니었다. 게다가 혼자 가기도 버거운 길을 10kg 이상의 배낭을 메고 가야 하니 체력은 금방 바닥을 보였다.

셋째 날도 두 번째 체크포인트를 지난 시점부터 나는 내 몸이 심상치 않다는 것을 느꼈다. 오후 1시가 넘은 사하라의 기온은 50도까지 치솟았고 그 열기는 마치 한증막에 들어와 있는 듯한 느낌을 주었다. 숨이 막힐 정도의 뜨거움과 건조함에 땀은 흐르는 대로 말라버렸다. 옷과 긴 바지, 사막용 캡과 선글라스까지 제대로 무장하고 온몸을 가렸지만 사하라의 뜨거운 태양은 구석구석까지 파고들어 몸 안의 수액을 전부 뽑아 올릴 기세였다. 나는 중간중간 물을 마셔 가며 체력을 보충했다.

중간에 만난 바위산은 고도가 꽤 높아 나를 비롯한 선수들의 고갈된 체력을 바닥까지 긁어갔다. 그런 와중에 아침녘 잠깐 가라앉았던 울렁증이 오후 들어 다시 시작되면서 나를 괴롭혔다. 물도 소량씩 삼키며 구토를 참고 세 번째 체크포인트를 향해 갔다. 그러다가 중간 어느 지점에서 나는 내 손이 점점 붓고 뭔가 이상하다는 느낌을 받았다. 멈추어서 양손을 살펴보니 코끼리 발이 되어 있는 손의 붓기에 내가 먼저 놀랄 판이다. 어쩌면 부어도 이리 부을 수가 있을까 싶었다. 살살 손을 구부려 보는데 관절 마디가 꺾여 지지가 않았다. 손마디도 붓기로 알아볼 수 없을 정도였다. 이유를 하나하나 생각하면서

원인을 헤아려 보니 아무래도 지나치게 먹은 정제염이 문제인 듯싶었다. 2일차에 빅듄을 넘을 때 정제염을 먹지 않아 기력을 잃었던 것을 떠올리며 3일차에는 출발 전은 물론 중간 체크포인트에 들를 적마다 정제염을 두 알씩 챙겨 먹었다. 이미 두 번째 체크포인트를 지나며 모두 6정 이상을 먹은 것 같다. 그 것도 짧은 시간 안에 그렇게 정제염을 무한정 먹어댔으니 체내에 나트륨과 칼륨이 높은 수치로 쌓여 있을 게 분명했다. 과유불급! 이번에는 너무 많이 먹은 소금이 문제가 됐다. 더구나 가지고 다닌 물에 포카리까지 타서 마셨으니 그 속에 녹아 있는 나트륨도 한몫했을 것이다. 소변도 하루 종일 참고 다녀 그 이유도 더해지지 않았나 싶다.

일단 물을 많이 마셔 몸에 쌓인 노폐물과 나트륨을 몸 밖으로 배출시키는 게 먼저일 듯싶었다. 그런데 문제는 지금 내가 울렁증이 심해 물 한 모금 마시기 힘든 상태라는 것이다. 이러지도 저러지도 못하고 쉽게 그 어떤 결정도 내리지 못하는 상황에 이르고 말았다. 그렇지만 어찌 되었건 이건 모두 나중에 해도 될 걱정이다. 우선 길을 잃지 않고 무사히 베이스캠프까지 가야 하는 것이 시급한 일이라 생각됐다. 나는 무조건 직진하는 경향이 있어 방향을 바꾸어야 할 경우 그것을 의식하지 못하고 직진해 표식을 놓친 때도 있었다. 길을 잃으면 타임 오프로 실격되는 것도 문제였지만 다시 주로를 찾기 위해

암석과 모래가 섞인 산과 산을 계속 넘는 코스라서
보통 체력의 두, 세배 이상 힘이 들었다.

해야 될 고생도 이만저만이 아니었다. 또한 사막에서 고립되
었다는 공포심에 상황 판단이 어려워 더 먼 거리까지 길을 잃
고 헤매게 될 가능성도 커졌다. 타고난 길치인 나로서는 앞사
람을 놓치지 않는 것만이 사막에서 길을 잃지 않는 유일한 생
존법이었다. 나는 온정신을 앞사람에게 집중한 채 그를 따라
갔다. 제발 그가 올바른 길로 나를 인도해 주길 바라면서 오후
의 뜨거운 태양을 견디고 있었다.

모두의 응원

앞사람을 부지런히 쫓아 베이스캠프까지 무사히 온 나는 텐트29에서 완전히 대(大)자로 뻗었다. 37.1km를 9시간 25분 걸려서 들어왔다. 전날 넘은 빅듄의 피로함 때문에 더 이상의 속도를 내지 못했다. 대회 3일차의 컨디션은 빅듄을 넘은 2일차의 컨디션만도 못했다.

간신히 텐트로 돌아와 숨만 쌕쌕거리고 있을 때 누군가 내 등번호 343을 부르며 '코리아 임'을 찾았다. 나를 찾은 사람은 대회 공식 홈페이지에 내 앞으로 들어온 이메일을 모아 프린트 해온 운영위의 자원봉사자였다. 그는 내게 친구들의 응원 메시지를 전달해 주었다. 사하라에 오기 전, 딱 한 모임에만 대회의 공식 홈페이지를 알려주었다. 대학 동창들과의 모임이었다. 다른 사람들에게는 응원 메시지를 보내달라는 소리를 하지 못했다. 완주까지 자신 없어서이기도 했고 보내고 받는 메시지조차 서로에게 부담이 될 것 같았기 때문이다. 만약 내가 사막 마라톤에서 금방 포기하고 돌아오는 일이 생긴다면 보통 20년, 30년 이상의 친분이 있다 해도 그런 얘기하는 것이 쉽지 않을 것 같았다. 유일하게 내가 하루, 이틀 만에 포기하고 돌아왔어도 부끄럽지 않게 얘기할 수 있는 친구들이 모인 그룹이

대학 동창 모임이었다. 출발 전에도 가장 많이 나를 응원하고 격려해준 친구들이기도 했다. '그렇구나. 그 친구들이 응원 메시지를 보내온 모양이구나!' 힘없이 누워있던 내게서 생기가 돌았다.

기운내라! 할 수 있다. 할 수 있어!!   - 반태현
힘내라 힘! 파이팅!   - 윤기호
그래도 가장 중요한 건 건강이야. 이게 현실인가? 할 정도로 이번 마라톤에 참가한 너의 용기에 나는 정말 깜짝 놀랐어… 나에게도 많은 생각을 갖게 해주었고… 이제 봉사자로 남아서 남은 기간을 여유있게 들여다보는 것도 앞으로 이번일을 기록하게 될 때 좋은 시간이 될 거야. 그러니 절대 무리하지 말고 건강하게 만나자! 너는 너무 멋졌어!   - 이상미

　　메시지를 직접 보내지 못한 친구들은 단체 대화방에서 모두 한마음으로 내 레이스를 지켜보며 응원해주기도 했다.

격하게 응원하고 있을게… 몸 잘 챙겨.   - 노인엽
1단계 30km 지점 통과하고 800명 중 600등으로 열심히 달리고 있네… 세상 좋아져서 여기서도 정말 볼 수 있구나. 맘껏 즐기고 건강하게 돌아와서 신나게 봄세.   - 김승력

잘 생긴 남자 하나 콕 찍어서 그 남자 꽁무니 놓치지 말고 쫓
아 다녀. 목표물이 있어야 놓치지 않음! — 김미현
너는 우리에게 멋진 도전과 열정을 보여주고 있고 우린 너에
게 끝없는 응원과 사랑을 보내마. 기도한다. 사랑하는 동생아
— 이부경
부디 걸음걸음마다 자신과 많은 대화하고 오길…. — 김태희
힘내. 포기하든 전진하든 넌 이미 충분히 멋져! — 이은재
우선 도전한 것으로 다 해낸 거야. 힘내라! 응원한다! — 강현숙
매일 기도 드렸어. 무사히 완주하길…. — 안심순

'감동'은 진심이 진심을 알아볼 때 전해지는 것이다. 동쪽
끝에서 서쪽 끝까지 전해진 진심에 나는 코끝이 찡해졌다. 뭐
라 말로 표현할 수 없는 감정에 하루의 고단함도, 포기를 부를
만큼의 고통도 모두 잊혀졌다. 나를 다시 일어설 수 있게 하는
힘의 원천이 무엇인지 알 수 있었다. 친구들 모두 밤잠을 설쳐
가며 대회 홈피의 경기 진행 상황을 지켜보고, 응원하고 있다
는 것을 알았다.

"언제라도 힘들면 포기해. 그게 최선이야."
"네가 그 뜨거운 사막에서 마음을 다잡고 있다고
생각하니 눈물이 날 정도야."

나를 울린 이 말들! 모두 나의 완주보다 내가 즐겁게 즐기기를, 무사히 돌아오기를 바라고 있었다. 그것이 그들이 보내온 '마음'이라는 것을 알고 있었다.

사막 마라톤을 먼저 경험한 선배들이 보내온 메시지도 있었다.

웨딩 촬영하고 오느라 출국할 때 응원도 못했어요. 걱정 많이 하고 갔는데 준비도 그만큼 많이 했으니 충분히 사막에서 많은 것을 깨닫고 오실 거라 장담합니다. 사진 보니 정말 저도 작년이 그립더라고요. 물집관리, 체력관리 잘 하고 다시는 오지 않을 사막과 고통 이겨내어 한국 돌아왔을 때 웃으며 만나고 싶어요. 저는 거기서 삼겹살에 김치가 그렇게 먹고 싶더라고요. 파이팅! 파이팅 또 파이팅입니다. 끝까지 포기하지 않으면 결승선은 온다. 아자! 아자! — 오충용

특히 생각지도 못한 패트릭 바우어의 생일 축하 메시지는 놀라움과 감동을 함께 주었다. 대회 첫날 전 세계인들의 생일 축하 노래를 선물로 받고 체크포인트에서 바우어를 만난 나는 그때의 감동을 전달했다. 평생 잊지 못할 축하였다며 감사함을 전하자 그가 "리얼리? 그렇다면 내가 너에게 축하 메시지

생일 축하 메세지

를 보내줄게." 했었다. 대회 중 가장 바쁜 사람인 바우어가 내
개인 생일을 기억하고 챙길까 싶어 잊어버리고 있었는데 그는
잊지 않고 나에게 축하 메시지를 보내왔다. 모로코 사하라 사
막 마라톤 대회 창시자인 그의 친필 메시지와 사인을 보고 얼
마나 기뻤던지. 선수 한 명, 한 명에게 애정을 쏟는 그의 섬세
함에 다시 한번 감동했다. '감동'은 마음에서 마음으로 전해지
는 감정이다. 나는 그들 모두가 보내온 응원과 격려에 진심으
로 감동했다.

part 4

끝까지 가보고 싶은 길

꿈속에서도
피하고 싶은

    대회 3일차를 지나고 선수들은 많이 지쳐 있었다. 메디컬 센터는 각종 부상과 컨디션이 저조한 선수들로 넘쳐났다. 같은 텐트 동기인 데니는 그날의 레이스를 마치면 메디컬 센터부터 들러야 했는데, 메디컬 센터에 갔다 하면 두 시간 이상 걸렸다. 선수들 대부분이 발의 물집으로 고생하고 있었고 데니도 예외는 아니었다.

    선수 중 열에 여덟은 발의 물집으로 고통받고 있었다. 물집 치료는 소독된 바늘로 물집을 찔러 진물을 빼내고 그 부위의 부풀어진 피부를 오려내듯 도려내는 것이 전부인데 건장한 체격의 성인 남성조차도 눈물을 빼낼 만큼 고통스러운 치료 과정을 거쳐야 했다. 이를 악물고 비명을 참아내는 그들의 모습을 지켜보면 나도 같이 눈살이 찌푸려졌다. 어떤 선수들은 고통을 참지 못해 눈물을 쏟기도 했다. 물집 치료가 끝나면 상처에 소금을 뿌려대는 듯한 소독을 거치고 붕대로 그 부위를 감싸는데 대회가 하루, 이틀 지날수록 물집의 수가 점점 늘어나 3일차 정도에는 양쪽 발을 전부 붕대로 감싼 선수들을 쉽게 볼 수 있었다. 데니의 발 상태도 하루하루 점점 더 안 좋아졌다.

메디컬 센터에서 돌아온 데니가 어둑해져서야 늦은 저녁을 먹었다. 나는 데니에게 컨디션이 어떤가를 물었고 데니 또한 내 컨디션이 어떤가를 물었다. 우리 둘은 똑같이 '아임 오케이, 노우 프라블럼' 이라고 답을 하며 서로를 바라봤다. 3일차까지 레이스를 이어온 모든 선수들이 그랬다. 서로를 응원하고 격려하며 비장한 각오로 다음 날을 준비하고 있었다. 우리는 알고 있었다. 다음 날 무박으로 밤을 새워 달려야 하는 롱데이가 얼마나 고되고 험난한 여정이 될지, 사막의 밤 동안 자칫 길이라도 잃게 된다면 그 순간이 얼마나 위험하고 극심한 공포의 순간으로 다가올지를 너도 알고 나도 알고 있었다. 물론 데니와 나 모두 사막 마라톤에 처음 참가한 선수들이었기에 그 부담감은 더욱 컸다. 그리고 대회 경험이 있든 없든 모든 선수들의 긴장감이 극에 달해 있었던 것만은 분명했다.

텐트 밖으로 나오니 선수들이 여기저기 불을 피워놓고 다음 날 펼쳐질 롱데이에 대한 이야기를 나누고 있었다. 그토록 신기해 보이던 사막의 별도 눈에 들어오지 않았다. 나는 전날부터 시작된 구토와 울렁증으로 몹시 고생하고 있었다. 이 상태로 무사히 롱데이를 마칠 수 있을지 그 어떤 기약도, 기대도 할 수 없는 상황이었다. 사하라에 오기 전부터 가장 걱정되던 부분이 '롱데이'였다. 지금까지 하루에 거쳐야 할 체크포인트가 두, 세 개였다면 롱데이 날은 여섯 개를 거쳐야 했다. 베이

모닥불 곁에서 롱데이에 대한 이야기를 나누는 선수들

스캠프까지 모두 7개의 구간을 지나 31시간 안에 76.3km를 지나야 한다. 각 체크포인트마다 제한 시간이 있고 밤이라고 해서 예외는 없다. 제한 시간에 체크포인트나 베이스캠프에 도착하지 못하면 컷 오프 당한다. 전날 오전 8시 15분에 세 번째 베이스캠프를 출발하여 다음 날 오후 3시 20분까지 네 번째 베이스캠프에 도착해야 한다. 일찍 레이스를 마친 선두권 선수들은 하루 만에 레이스를 마치기도 하고 중위권 그룹도 그날 밤 늦게 혹은 다음날 새벽에 레이스를 끝내 충분한 휴식을 취할 수 있지만 하위 그룹들은 그야말로 주어진 31시간 가까이 잠 한숨 못 자고 레이스를 밤새껏 펼치게 되므로 그 피로는 이루 말로 표현할 수 없다. 더구나 사막의 밤은 도시의 밤

157

과는 다르다. 사막에서 유난히 반짝이는 별을 볼 수 있는 이유는 그만큼 사막의 밤이 어둡기 때문이다. 그렇기 때문에 상대적으로 밝음이 빛나는 것이다. 사막의 어둠은 그야말로 칠흑이다.

사막을 떠나기 얼마전 나는 어둠 속 사막에서 길을 잃고 헤매는 꿈을 자주 꿨다. 어둠 속 사막은 공포 그 자체였다. 길을 표시해주는 야광 표식도 보이지 않고 인적 또한 없다. '고요'와 '적막'만이 사위를 가득 메우고 나는 완전히 고립된 상태로 조난된 것이 분명했다. 손에 식은땀이 나면서 사지가 떨리기 시작했다. 마른침이 삼켜지며 머릿속에 '죽음'이란 단어가 떠올랐다. 나는 비상용 호각을 꺼내 힘껏 불어댔다. 그렇지만 어찌된 일인지 호각에서는 아무 소리도 새어 나오지 않았다. 다시 있는 힘껏 호각을 불고 또 불었지만 역시 결과는 같았다. 어떻게든 조난신호를 보내야 하는데 호각이 아니라면 무엇으로 내 위치를 알릴 수 있을까. 그것도 밤의 사막에서. 머릿속이 하얘지면서 호흡이 가빠지고 정신마저 혼미해지려 했다. '정신을 차려야 해.' 나는 흐려지는 정신을 붙잡고 다시 힘겹게 걸음을 떼었다. '이건 꿈일 거야.' 나는 꿈속에서도 이 상황이 꿈이길 빌었다. 어두운 밤 사막에서의 조난은 꿈속에서도 피하고 싶은 순간이었다. 사막 마라톤을 준비하며 무박으로 밤을 새워 레이스를 치러야 하는 롱데이에 대한 부담감으로 나는 대회가 가까울수록 밤의 사막을 헤매는 꿈을 자주 꾸고 있었다.

꿈에서 겪었던 '롱데이'에서의 조난을 걱정하며 나는 드디어 롱데이를 현실로 맞이하게 되었다. 그리고 그 밤, 비장한 각오로 배낭을 조금이라도 가볍게 하기 위해 버려야 할 것과 버리지 말아야 할 것들을 구분하며 새롭게 짐을 꾸리고 있었다. 무엇을 버려야 할지 알면서도 끝까지 버리지 못하는 내 모습에 '사막에 와서까지 무얼 그리 움켜쥐고 있으려고 하나?' 하는 생각이 들었다. 버린 만큼 가벼워진다는 진리가 새삼 떠올랐다.

롱데이의
시작

여느 날과 마찬가지로 새벽 다섯 시 위쪽 텐트에서의 알람
은 여지없이 울렸고 나는 부스스 잠에서 깨어났다. 드디어 레
이스 중 가장 험난한 하루가 될 롱데이의 아침이 밝은 것이다.

나는 오전 7시 베르베르인들이 와서 텐트를 철거해 가도
록 준비를 다 마치지 못했다. 여느 날보다 준비가 늦었고 마음
의 부담은 다른 어느 때보다도 더 했다. 그나마 다행인 것은
발에 물집이 잡히지 않아 남들보다 발 상태가 좋다는 것뿐이
었다. 믿을 것이라고는 그뿐이었다.

나는 평상시에 남들보다 잘 걸었고 더위에도 강했다. 마라
톤 경험이 없는 내가 겁 없이 사막 마라톤에 도전할 수 있었던
이유도 이 두 가지 이유가 가장 컸다. 그런데 롱데이를 앞두고
이 두 가지 중 이미 바닥난 것이 있었으니 그건 바로 더위에
강한 '체력'이었다. 더구나 이틀 이상 이어진 울렁증으로 내 체
력은 급속도로 떨어져 과연 롱데이를 버틸 수 있을지 장담할
수 없는 상태였다. 지금까지 3일차를 버텨온 내가 참 신통하다
싶을 정도였다.

하지만 나는 끝까지 가보고 싶었다. '사막'은 내가 열망하

던 모든 것이었다. 그러니 이까짓 울렁증에 무릎을 꿇을 수는 없다. 나는 새롭게 각오를 단단히 하고 배낭을 멘 채 출발 라인에 섰다. 다시 꾸린 배낭은 전날의 배낭에 비해 훨씬 단출했다. 날이 갈수록 배낭을 채우던 식량이 줄어드니 줄어든 무게만큼 배낭의 무게도 가벼워져야 하지만 실제 체감되는 무게는 첫날의 배낭 무게와 별반 차이가 없다. 배낭의 무게가 주는 만큼 날이 갈수록 느는 피로감과 떨어진 체력 때문에 배낭의 무게는 줄고 안 줄고를 떠나 늘 무거웠다. 그렇지만 내게 문제는 배낭의 무게가 아니었다.

배낭 위쪽에 매달아둔 침낭이 항상 문제였다. 추위에 약한 나로서는 두꺼운 침낭을 준비할 수밖에 없었는데 침낭이 두껍다 보니 부피도 제법 컸다. 그로 인해 배낭에 넣을 수가 없어 배낭 맨 위쪽에 매달아 놓았는데 바로 그 침낭이 레이스 내내 내 목을 누르고 있었던 것이다. 불편했지만 참아야 했고 어쩔 수 없는 이유라 다른 대책을 마련할 수 없었는데 드디어 롱데이 전날 필요 없는 짐들을 다 버리고 침낭을 배낭 안으로 밀어 넣을 수 있게 된 것이다. 그동안 내 머리와 목에서 흐르는 땀으로 젖은 침낭 안에서 축축하고 꿉꿉한 채 잠을 자야 했는데 이제 젖은 침낭에서 잠 잘 이유가 없게 됐다.

그것만으로도 롱데이를 가볍게 출발할 이유는 충분했다. 나는 롱데이에 대한 부담감과 긴장감을 줄여보고자 하나, 둘

괜찮은 이유를 찾아 '잘 될 거야, 괜찮을 거야.'하면서 마음을 편히 갖고자 했다. 사하라에 오기 전, 밤의 사막에서 헤매는 꿈을 자주 꾸었고 그 불안감에 조난에 대한 두려움은 언제나 있었다. 그렇지만 불안해한들 어찌하랴. 이미 주사위는 던져졌고 롱데이의 날은 밝은 것을. 누군가 그랬다. "못 먹어도 고!"라고. 한껏 막막했고, 한껏 불안했지만 그래도 나는 힘차게 "고!"를 외치며 사막을 향해 달려 나갔다. 아마도 모든 선수들이 그랬을 것이다. '나 한 번 믿어 보자고.' 믿을 것이라고는 오로지 나 자신뿐이었다. 나도 그랬다. 그날 아침 모두가 그랬을 것이다.

모로코 사하라 사막 마라톤 대회의 레이스 기간 중 4일과 5일 사이에는 무박으로 80km를 달리는 롱데이 기간이 포함되어 있다. 34기들은 다른 해에 비해 비교적 짧은 거리인 76.3km를 달려야 했다. 다른 뜻으로 구간이 줄어든 대신 난이도가 높아졌다는 뜻이 될 수도 있다. 구간별로 같은 거리에 비해 난이도나 시간이 조금씩 달라질 수 있으나 전체적으로 볼 때 대회의 코스 설계는 평균치라는 것이 있기 때문에 크게 차이 나지는 않는다. 실제로 코스가 조금 늘고 줄어들고의 차이는 있지만 그렇다고 그것이 선수들의 완주에 특별한 영향을 미치지는 않는다. 어찌 됐든 나를 포함한 34기들은 롱데이 날 76.3km를 31시간 안에 완주해야 했다.

롱데이는 밤새 레이스를 계속 해나가야 하므로 다른 어떤 날보다도 체력 안배를 적절히 잘 조절하는 것이 필요하다. 지금까지 평균 10시간 안팎으로 베이스캠프에 도착해야 했다면 롱데이는 늘어난 거리와 밤샘 레이스를 강행해야 하는 특수성 때문에 레이스 종료까지 소요되는 시간이 평소의 두 배, 세 배 이상 걸릴 것으로 예상됐다. 내 한 몸 걷기에도 힘든 사막에서 아이 하나를 업은 듯한 배낭의 무게감을 30시간 안팎으로 견디어야 한다는 것은 말처럼 쉬운 일이 아니다. 더구나 이곳은 지구상에서 가장 덥다는 사하라가 아닌가. 배낭만 없어도 어찌 해 볼만할 텐데 배낭은 레이스 내내 어깨를 짓누르는 무게만큼 큰 부담을 주었다. 그래도 힘이 있는 오전, 오후 중으로 갈 수 있는 만큼 한 걸음이라도 더 견디어 가보는 수밖에 다른 방법은 없었다. 새벽에는 하루 종일 이어진 피로와 졸음으로 크게 속도를 내지 못할 것이므로 조금이라도 힘이 있고 밝을 때 속도를 내는 것이 맞다 싶었다. 더구나 사막의 밤을 걸어야 한다는 것은 여러 가지 변수가 있을 수 있는 극히 위험한 일이다. 한밤중 사막에서 길이라도 잃게 된다면 남아 있는 시간을 크게 잃게 되는 것은 물론 목숨까지 위험한 상황으로 몰릴 수 있다. 무조건 해가 지기 전 갈 수 있는 만큼 최대한의 거리를 이동해야 한다.

나는 스스로에게 수없이 이 사실을 되뇌며 세 번째 체크포인트까지 37.7km를 최선을 다해 갔다. 이때가 오후 4시쯤인 것 같다. 체크포인트에서는 조난을 막기 위해 모든 선수들에게 야광봉을 하나씩 나누어 주었다. 야광봉을 받자 이제 진짜 롱데이의 시작이구나 하는 긴장감이 엄습했다. 아직 해는 남아 있었으나 다음 체크포인트에 닿기 전 해가 질 것 같았다. 금방 해가 질 것을 생각하자 함께 밤을 새울 메이트가 없다는 것이 몹시 불안했다.

나는 혼자 조용히 레이스를 해나가는 편이었다. 레이스 중 내가 가고 싶을 때 가고, 쉬고 싶을 때 쉬고 내 속도에 맞춰 가는 것이 편했기 때문이다. 또한 여러 가지 복잡한 생각을 정리하고 새로운 계획을 세우기에도 혼자 있는 편이 나았다. 메이트가 있다면 외롭지 않고 힘들거나 위급한 상황에서 도움을

받을 수 있어 좋겠지만 그래도 나는 나 혼자 있는 편이 나았다. 그렇지만 롱데이의 상황은 달랐다. 사막의 밤에 혼자 떨어져 간다는 것은 너무나 위험한 일이다. 야행성인 전갈이나 뱀을 만날 수도 있고 조난과 같은 상황에서 혼자 대처할 수 없는 비상 상황을 맞을 수도 있다.

그렇기 때문에 롱데이를 넘기기 전 무엇보다 내가 먼저 확보해야 할 것은 밤을 함께 보낼 든든한 메이트였다. 말도 안 통하는 사람들 틈에서 믿을만한 메이트를 찾기란 말처럼 쉬운 일은 아니었다. 무엇보다 나와 체력이 비슷한 사람으로 보조를 잘 맞추어 레이스를 진행할 사람이 필요했다.

'누구에게 부탁을 해야 할까?'

메이트를 찾기 위해 주변을 돌아보는 순간 나는 기적처럼 아침에 헤어진 세훈이를 보게 되었다. 세훈이의 곁에는 데니도 함께 있었다. 두 사람을 보자 반가움에 눈물이 날 지경이었다. 나는 세훈이에게 롱데이의 나머지 구간을 함께 갔으면 한다는 부탁을 했다. 부탁하는 순간 이제는 살았구나 하는 안도감이 들었다. 그렇게 해서 나, 데니 그리고 새롭게 소개받은 프랑스 여자 한 명이 그날의 메이트가 되어 롱데이를 넘기로 했다. 마치 전쟁터에서 낙오되었다가 뒤늦게 아군을 만난 느낌이었다. 오후 5시. 우리는 세 번째 체크포인트를 떠났다. 물론 세훈이가 '캡틴'이 되어 우리를 이끌기로 했다.

밤의 사막을
가르며

밤의 사막은 고요했다. 그 고요함 속을 우리는 조용히 걸었다. 세훈이와 프랑스 여자가 앞장섰고 나와 데니는 그 뒤를 따라갔다. 캡틴 세훈이는 중간중간 로드북을 꺼내어 방향을 살폈다. 아무래도 해가 뜨기 전 베이스캠프에 도착하는 것이 최선일 것 같다며 다음 체크포인트에서 휴식 없이 물만 보충하여 떠날 계획이라고 했다. 내가 지금의 체력으로는 무리가 될 것 같으니 한 시간만이라도 쉬는 것이 어떻겠느냐고 권했지만 세훈이는 단호하게 그렇게 되면 나중이 더 힘들다며 휴식 없이 가겠다는 뜻을 분명히 했다. 캡틴의 생각이 그렇다는 데에야 무슨 말이 필요할까 싶어 나는 더 말하지 않고 세훈이의 뒤를 따랐다.

"그런데 세훈아 우리가 가고 있는 이 길이 맞긴 맞아?"

밤의 사막은 눈 바로 앞까지 주먹이 들어온다 해도 못 알아볼 만큼 어두웠다. 암흑천지의 길을 걷는 것만으로도 공포스러웠다. 그런데 우리는 왜 자꾸 모래 언덕을 넘고 있는 걸까? 코스 설계자도 사람일 텐데 모든 선수들이 아침에 죽, 스프, 마른 바게트 정도를 먹고 그 외의 시간에는 물과 에너지바

166

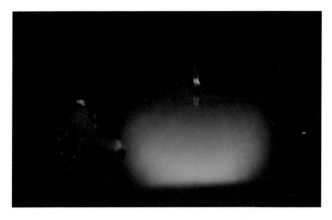

한 치 앞을 볼 수 없는 밤의 사막

정도로 버티고 있음을 그도 알 텐데 그런 우리에게 모래 구간
을 넘어서 가라 하니 이게 말이 되는 상황인가 싶었다. 길을 잘
못 들지 않고서야 제대로 된 코스에 이런 길이 있을 리 없지
않은가. 더군다나 지금은 한 치 앞을 볼 수 없는 밤의 사막이다.

"이 길 맞아요. 정해진 주로로 가고 있어요."

오! 마이 갓! 설마 그럴 리가 없어. 이 길이 주로가 맞다고?
이건 낮에도 걷기 힘든 길이야. 그것도 체력이 바닥난 우리에
게 이 칠흑의 암흑 속에서 이런 험한 길을 걷게 하다니. 사막
의 밤은 평지도 걷기 힘들었다. 그런 상황에 모래 구간과 암석
이 깔린 구릉지대를 계속해서 오르락내리락 반복하게 만든 것
은 해도 해도 너무 하다 싶었다.

밤의 사막은 너무나 어두워 헤드랜턴의 불빛을 받는다 해

도 1미터 앞을 구분하기 힘들었다. 툭하면 뾰족한 암석을 밟아 발을 삐긋하고 앞에 놓인 구릉의 내려설 공간을 제대로 확인하지 못해 기우뚱 균형을 잃고 넘어지기도 했다. 특히나 내 헤드랜턴은 불빛이 그중 가장 약했다. 원래 사막 마라톤에서 사용할 것을 미리 사서 새벽 산행에 써보았는데 그때부터 말썽이었다. 헤드랜턴만큼은 가장 밝고 좋은 것을 사야 한다며 친구가 고가의 외국 브랜드 제품을 선물해준 것이었는데 헤드랜턴을 써본 사람들이라면 다 알만한 그 제품이 성능은 그리 썩 좋지 못했다. 새벽 산행 때부터 자주 깜박거리며 '꺼졌다, 켜졌다'를 반복하더니 사하라에 와서까지도 나아지겠거니 했던 그 증상으로 나를 곤혹스럽게 했다. 다른 제품으로 바꿔 올 수도 있었지만 친구가 어떤 마음으로 선물해준 것인지 알고 있었기에 바꾸고 싶지 않았다. 가지고 온 내 헤드랜턴은 모두 세 개의 전구에 불이 들어오도록 되어 있었는데 아예 처음부터 전구 하나에는 불이 들어오지 않았고 나머지 두 개의 전구라는 것도 초등학생들이 과학 시간에 직렬연결, 병렬연결을 배우며 실험용으로 쓰는 꼬마전구의 크기라 불빛도 딱 그만밖에 밝지를 않았다. 다른 사람들의 헤드 랜턴은 1미터 앞이라도 보였지만 내 헤드랜턴의 불빛은 겨우 30센티 정도를 비추는 정도라 바로 발아래 돌도 잘 보이지 않았다. 가지고 있는 헤드랜턴의 불빛이 그 정도이니 나는 여러 번 돌에 걸려 발목을 접질리게 되었고 나중에는 발목이 부어오르면서 통증이 생겨 빠르게 걸을 수 없게 되었다.

나는 앞서가는 세훈이에게 자꾸 천천히 가자고 속도를 따라갈 수 없다는 불평을 하게 됐다. 발목도 문제였지만 밝기가 약한 헤드랜턴으로는 제대로 앞을 볼 수 없어 세훈이의 속도를 따라갈 수 없었다. 내 속도가 거의 더듬거리며 걷는 수준이라 세훈이 역시 그 속도에 맞추는 것이 쉽지 않았다. 일행은 모두 네 명이었다. 세훈이는 나머지 일행도 리드해야 했기 때문에 나한테만 보조를 맞출 수 없는 상황이었다. 나도 그쯤은 알았다. 다른 때 같았으면 상황이 이쯤 되면 일행을 먼저 보내고 나 혼자 어떻게든 이 상황을 감당하려 했을 것이다. 그렇지만 밤의 사막이라는 게 그리 호락호락하지 않았다. 나는 팀을 이뤄 가는 중에도 여러 번 방향을 잘못 잡아 엉뚱한 길로 빠지곤 했다. 그때마다 세훈이가 그쪽 길이 아니라며 나를 제대로 된 길로 불러들였다.

나는 무조건 직진하려고만 해서 중간에 방향을 틀어야 하는 부분에서 더러 주로가 아닌 쪽의 길로 들어서기도 했다. 밤이라 표식도 잘 안 보였고 앞선 선수들과의 거리가 차이가 나서 그들이 매달고 다니는 야광봉 따위는 아예 사정권 안으로 들어오지도 않았다. 혼자였더라면 분명 길을 잃을 게 분명했다. 물론 이런저런 이유로 세훈이에게 고마운 것도 많았지만 자꾸 속도를 내려고만 하는 모습에서 솔직히 서운함도 생겼다. 조금만 천천히 가자 해도 새벽에 베이스캠프에 도착하지 않으면 무슨 큰일이라도 날듯이 자꾸 걸음을 빨리했다. 나는 헤드랜턴의 약한 불빛을 이유로 빨리 갈 수 없다는 것을 여러 번 말하게 됐고 세훈이는 마치 내가 불평을 늘어놓는 것처럼 받아들였다. 그 정도면 불빛이 안 보여 못 걸을 정도가 아니라며 불빛을 탓하지 말라는 투로 타박을 주니 점점 서운한 마음이 깊어졌다. 나도 웬만하면 세훈이의 속도에 맞춰 따라가고 싶었지만 정말 앞이 보이지 않으니 그건 불가능한 일이었다.

조금 천천히 가자고 해서 늦춰졌던 속도는 얼마 지나지 않으면 다시 빨라지고, 또다시 천천히 가자고 해서 조금 느려졌던 속도가 이내 다시 빨라지고, 천천히 가자와 빨리 가야 한다가 끝없이 상충되니 나도 세훈이도 서로에게 점점 지쳐 갔다. 결국 나는 세훈이에게 나머지 일행과 함께 먼저 가라고 하고, 혼자서 나머지 구간을 가겠다는 말을 했다. 다음 체크포인트까지는 1km 남짓 남아 있었다. 나는 세훈이에게 걱정하지 말라며 나머지 1km 정도는 혼자 갈 수 있으니 먼저 가서 쉬고 있으라고 말했다. 세훈이는 "이모, 정말 괜찮겠어요?"라고 물었고, 나는 직진하는 길만 남았으니 가능할 것이라고 답했다. 드디어 세훈이가 결정을 했고 우리는 그렇게 잠시 갈라져서 각자 가기로 했다.

나는 제법 호기롭게 큰소리치며 일행과 세훈이를 보냈지만 얼마 지나지 않아 그것이 얼마나 잘못된 선택이었는지 깨닫게 되었다. 돌아선 세훈이는 단 몇 걸음만으로도 내게서 멀어져 갔다. 주위는 한 치 앞도 보이지 않을 만큼 어둡고 주변에는 그 어느 누구도 없었다. 어둠 속에서 그것도 사막 한가운데에서 혼자 남게 되니 덜컥 겁이 났다. 밀려오는 공포감에 나는 이성을 잃고 세훈이를 불렀다. 행여 세훈이에게 안 들릴 새라 큰 소리로 세훈이를 부르고 또 불렀다. 세훈이는 100m쯤 앞에 있었던 것 같다. 앞뒤 구분 없이 나는 발목의 통증도 잊은 채 무조건 세훈이가 간 방향으로 뛰었다. 다시 일행과 재회한 나는 다시는 불평을 하지 않겠다고 속으로 다짐했다. 그저 나를 데리고 가주는 것만으로도 감사했다. 얼마 후 체크포인

트의 불빛이 보였고 그렇게 우리는 우여곡절 끝에 새벽 2시쯤 다섯 번째 체크포인트에 도착했다.

먼저 도착한 선수들이 휴식을 취하거나 잠을 자고 있었다. 새벽까지 잠시도 쉬지 않고 61km 레이스를 강행한 우리들은 이미 많이 지쳐 있었다. 이제 여섯 번째 체크포인트와 롱데이의 마지막 베이스캠프까지는 15.3km가 남아 있었다. 하지만 며칠째 이어진 울렁증과 계속된 피로가 겹쳐 나머지 구간을 잘 버티어 낼 수 있을지 장담할 수 없었다. 더군다나 이 상태로 계속 일행을 따라간다면 그들마저 힘들게 하는 결과가 되지 않을까 싶어 나는 끊임없이 이 부분을 고민해야 했다. 어떻게 하는 것이 옳은 선택일까? 우선 여기서 한 시간만이라도 휴식을 취하는 게 좋겠다는 생각이 들었다. 나뿐만 아니라 모두가 지친 상황이라 그 정도의 휴식은 모두에게 필요할 듯싶었다. 나는 체크포인트로 오는 길에 세훈에게 1시간만 쉬었다가면 어떻겠느냐고 여러 차례 이야기를 했었다. 그럴 때마다 세훈이는 계속 그건 어렵겠다고 했다. 세훈이에게는 해뜨기전 베이스캠프 도착이 무엇보다 우선이었다. 그랬기 때문에 나는 세훈이의 의견대로 휴식 없이 체크포인트를 지난다면 여기서 일행과 헤어지는 것이 좋겠다는 생각을 하게 됐다. 휴식을 통해 체력을 충전하지 않는다면 아무래도 큰 산을 넘기에 체력이 모자랄 듯 싶었다. 다시 세훈이에게 한 시간 정도의 휴식을 말하였지만 안 된다는 말만 되돌아 올 뿐이었다. 나는 목을 축이며 이대로 일행을 따라 다섯 번째 체크포인트를 떠나야 되나, 말아야 되나를 계속 고민했다.

새벽 2시, 생각보다 사막의 어둠은 너무 공포스러웠다. 그때 세훈이가 "이모, 데니가 한 시간만 쉬자고 해서 그러기로 했어요."라며 한 시간의 휴식 결정을 전했다. 순간 '뭐지?' 내가 그렇게 쉬자고 할 적에는 안 된다고 하더니. 잠시 서운한 마음이 들기도 했지만 어쨌든 휴식을 취하기로 했으니 다행이라는 생각부터 들었다. 나는 비박을 하며 친구가 준 헤드랜턴을 꼭 쥐고 눈을 감았다. 헤드랜턴을 전하며 나를 걱정하던 친구의 모습이 떠올랐다. 여전히 계속되는 울렁증에 몹시 지치고 힘든 순간이기도 했다.

시간이 얼마 지나지 않은 것 같은데 훌쩍 한 시간이 다해 세훈이가 와서 나를 깨웠다. 그리고는 한 시간 휴식을 더 하기로 했다며 새벽 네 시쯤 출발할 것이라고 말했다. 그것도 역시 데니의 요청으로 정한 결정이었다. 나는 계속 서운했다. 고국의 동포가 그렇게 원할 때는 안 들어주더니 먼 나라 이웃사촌인 데니의 말은 금세 받아들여주고. 나이를 헛먹었는지 아이들처럼 별게 다 서운했다. 사실 세훈이는 나에게 할 만큼 했다. 나이가 어린 데도 늘 이것저것 챙겨주고, 내 컨디션과 상황을 배려해 힘든 상황에서 가장 먼저 응원해주는 최고의 조력자였다. 만약 오늘 세훈이를 메이트로 만나지 못했다면 여기까지 오기도 힘들었을 것이다. 나도 안다. 세훈이에게 고마워해야 한다는 것을. 그동안 나는 세훈이에게 많은 것을 의지하며 레이스를 이어왔다.

"세훈아 이거 있어? 저거 있어? 이거 봤어? 저거 봤어? 그건 뭐야? 이건 뭐야?" 하면서 꽤나 귀찮게 굴기도 했다. 그럼에도 세훈이는 내게 친절했으며 무엇이든 도움을 주고 싶어 했다. 그런데도 롱데이를 맞아 이것저것 한계에 부딪히면서 몸이 힘들어지니 별것 아닌 것에서 서운함이 생기고 갈등이 일었다. 나는 결국 새벽 4시에 일행을 먼저 보내기로 결심했다. 만약 내가 세훈이를 계속 따라간다면 남은 코스의 난이도로 보아 일행 모두를 힘들게 할 수도 있겠다는 생각이 들었다.

"이모 앞에 큰 산이 있어요. 산을 넘어야 하기 때문에 우리도 크게 속도를 내지는 못할 거예요. 그러니 이모가 금방 따라오면 함께 갈 수 있어요. 천천히 가고 있을 테니 이모도 얼른 따라오세요."

세훈이는 결국 일행과 함께 먼저 떠났다. 먹물 같은 어둠 속으로 그들이 사라지는 모습을 조용히 지켜볼 수밖에 없었다. 그들이 시야에서 완전히 사라졌을 때 나는 다시 헤드랜턴을 꼭 감싸 쥐고 눈을 감았다.

내가 다시 눈을 떴을 때는 새벽 다섯 시가 조금 넘은 시각이었고 세훈이가 떠난 지 한 시간이 조금 넘은 때였다. 체크포인트에 남아 있던 선수들도 그 사이 다시 출발하여 이제 남은 선수들이 몇 안 됐다. 제한된 시간 안에 베이스캠프에 도착하려면 더는 출발을 미룰 수 없는 상황이었다. 나는 배낭을 메고 머리에 헤드랜턴을 고정시킨 후 출발했다.

체크포인트를 벗어나니 앞서가고 있는 프랑스와 일본 남자 선수 둘이 보였다. 나는 그들이 간 방향대로 어둑어둑한 길을 달려갔다. 그리고 그들과 마주했을 때 다음 체크포인트까지 같이 갈 수 있는가를 물었다. 그들은 흔쾌히 부탁을 들어주었고 나는 다시 동행할 수 있는 사람들이 생겨 크게 안심이 되었다. 그렇지만 그런 기쁨도 잠시 새로운 문제가 생겨서 나는 그들과 동행할 수 없게 되었다. 지금까지 '꺼졌다, 켜졌다'를 반복하던 헤드랜턴의 불이 완전히 꺼진 것이다. 나는 앞서가던 그들을 불렀고 내 상황을 설명하며 헤드랜턴의 불빛을 되살리려 애써보았다. 하지만 여전히 헤드랜턴의 불빛은 꺼진 상태였고 이후로 다시는 불이 들어오지 않았다. 상황이 이러하니 마냥 그들을 불러 세워둘 수도 없고 해서 나는 일단 그들에게 먼저 가라고 한 후 계속해서 헤드랜턴을 작동시키기 위해 이런저런 시도들을 해보았다. 이유야 어찌 되었든 그들은 먼저 떠났고 나는 어둠 속에 홀로 남겨져 있었다. 그래도 세훈이는 기다려주기라도 했지 그들은 미련 없이 내 곁을 떠났다.

그들이 떠나고 헤드랜턴이 완전히 고장 났음을 깨달은 나는 할 수 없이 체크포인트로 다시 발길을 돌렸다. 이런 어둠 속에서 불빛 하나 없이 앞으로 나간다는 것은 몹시 위험한 행동이라 생각했기 때문이다. 다행히 500m쯤 온 거리이니 그쯤은 혼자 찾아갈 수 있을 것 같았다. 나는 왔던 길을 되돌아 걸었다. 조금 있으면 해가 뜰 거야. 그러니 체크포인트에 가서 해가 뜨기를 기다렸다가 다시 베이스캠프까지 갈 것인지, 아니면 이대로 레이스를 포기할 것인지를 정하면 돼. 그러니 일단 어떻게 해서든지 체크포인트까지는 혼자 힘으로 가보도록 하자. 나는 어둑한 길을 더듬어 바위와 암석 사이를 아슬아슬 걸어갔다.

그때쯤 언덕 아래서 불빛 하나가 올라오고 있는 것이 보였다. 정확히 말해 나는 내려가고 있었고 그 불빛은 올라오고 있었다. 불빛이 가까워져서야 나는 불빛의 주인이 '레나'라는 것을 알게 됐다. 레나는 사하라에 오는 도중 전세기에서 만나 인사를 나눈 동갑내기 일본인 여자였다. 세상 이렇게 반가울 수가. 우리는 어둠 속에서 서로를 알아보고 반가움에 두 손을 마주 잡고 아이처럼 좋아했다. 레나를 만난 건 내게 기적 같은 일이었다.

동지를
만나다

"그런데 임, 너 왜 내려오고 있었던 거야?"

코스를 따라 올라가고 있어야 할 길에서 거꾸로 내려오고 있으니 레나의 눈에 내가 이상하게 보였던 게 당연하다.

"응. 가는 도중에 내 헤드랜턴의 불이 완전히 꺼졌어."

나는 헤드랜턴을 벗어서 껐다, 켰다를 해 보이며 소생 불가능한 헤드랜턴의 상태를 확인시켜 보였다. 나는 울상을 지으며 이대로 기권을 하게 될지도 모른다는 말을 덧붙였다. 그랬더니 레나는 "안 돼, 안 돼!, 여기서 절대 포기하지 마. 이제 곧 해가 뜰 거야. 헤드랜턴 때문이라면 걱정 마. 나와 함께 가면 돼. 내 헤드랜턴은 아직 꺼지지 않았어."

그녀는 웃으며 자기 머리에 고정시켜 둔 헤드랜턴을 가리켰다. 무슨 뜻인지는 알았지만 그래도 덥석 레나에게 붙어 그녀까지 힘들게 할 수는 없어 선뜻 함께 가자는 말이 나오지 않았다.

"레나, 고맙지만 나는 많이 지쳤어. 아마 가더라도 속도가 많이 느릴 거야. 나와 같이 가게 되면 너까지 늦게 돼."

그녀는 계속해서 "노, 노!"라고만 했다.

"임. 절대 포기하지마. 시간은 충분하니 우리는 천천히 가도 시간 내에 도착할 수 있어. 나도 지금 발이 아파서 빨리 가지 못해. 그러니 우리 함께 천천히 가자."

발이 아프다는 레나의 말에 자연스럽게 그녀의 발아래로 시선이 갔다. 그녀는 게이터를 달지 않은 이상한 신발을 신고 있었다. 사막 마라톤에서 가장 중요한 역할을 하는 것이 신발인지라 선수 모두 신중을 기해 선택하는 장비 중 하나가 신발이었다. 모두들 마라톤 전용 신발에 모래 방지를 위한 게이터를 달고 완전무장을 한 채 사막을 달리는데 레나의 신발은 그렇지가 못했다. 신발이라고 부르기에도 좀 민망한 모습이라 도대체 그걸 무엇이라고 불러야 할지 난감했다. 레나의 신발

레나의 가죽 버선 같은 신발

은 신발이라기보다 마치 게다 모양의 가죽 버선 같았다. 그런 신발을 신고 지금까지 험한 사막 마라톤을 이어왔다면 레나의 발 상태도 그리 썩 좋지는 않을 것이다. 레나는 계속해서 내게 "슬로우리, 슬로우리"라고 말했다.

"천천히 가더라도 완

주할 수 있어. 난 이 대회만 7번째야. 절대 포기하면 안돼."

레나 덕에 나는 다시 한번 도전해 볼 용기가 생겼다. 그래, 여기까지 와서 포기할 수는 없어. 나는 용기를 내어 레나와 함께 가기로 했다. 둘은 서로에게 가벼운 농담처럼 '슬로우리, 슬로우리'라고 말하면서 나머지 언덕을 올라갔다. 뾰족한 돌들이 가득한 구간이라서 아무래도 레나에게 힘든 길이겠구나 싶었다. 언덕을 넘어서 내려오니 어둑어둑한 어둠이 조금씩 풀리면서 점차 날이 밝고 있었다.

언덕을 지나자 이번에는 협곡을 따르는 자갈길이 나왔다. 이어지는 뾰족한 돌길에서 레나는 "이따이, 이따이(아야, 아야)" 농담을 하면서 발이 아픈 시늉을 했다. 그녀는 많이 지치고 힘든 상황에서도 레이스를 즐기며 즐겁게 가고 싶어 했다. 그녀와 함께 있는 동안만큼은 나 역시 마음이 한결 가벼워지는 느낌이었다.

"레나, '이따이, 이따이'가 한국말로 뭔지 알아?"

나는 레나에게 '아야야, 아야야' 소리를 내면서 '이따이'가 한국말로 '아야야'라고 한다는 것을 알려주었다. 그랬더니 레나는 툭하면 "아야야, 아야야" 하면서 자기 발을 가리켰다. 레나의 농담 덕에 우리는 나머지 구간을 웃으면서 갈 수 있었다. 나는 만국 공통어인 보디랭귀지와 짧은 영어를 섞어가며 레나와 많은 이야기를 나누었다. 레나는 나와 동갑인 까닭에 서

179

로 통하는 것이 많았다. 그녀는 결혼은 했으나 아이는 없었고 컴퓨터 엔지니어로 일하고 있었다. 레나는 한국을 세 번 방문했으며 서울, 경주, 부산을 가보았다고 했다. 레나는 한국 음식 중 삼겹살과 김치찌개 등이 가장 맛있었다고 하면서 가장 생각나는 음식이라고 말했다. 그러고 보니 우리는 거의 하루 동안 제대로 된 음식을 먹지 못한 상태였다.

"레나 지금 가장 뭐가 먹고 싶어?"

나는 머릿속에 떠오르는 수많은 음식을 상상하며 레나에게 물었다. 둘 다 공복 상태라 레나 또한 나처럼 갖가지 음식을 떠올리다가 그중 하나를 고르지 않을까 싶었다. 그러나 그녀는 잠시의 망설임도 없이 '콜라'라고 대답했다. 롱데이를 마치고 베이스캠프에 도착하면 모든 선수들에게 캔콜라 하나씩이 지급된다는 것을 우리는 알고 있었다. 레나는 롱데이를 끝내고 텐트에서 휴식을 취하며 마시게 될 콜라를 기대하고 있었다. 그렇지. 콜라가 있었지. 사막에서 마시게 되는 콜라라니. 그것도 롱데이를 완주한 기념으로 마시게 되는 콜라는 과연 어떤 맛일까? 우리는 '콜라, 콜라' 노래하며 조금만 더 힘을 내자고 서로에게 파이팅을 외쳤다.

"그런데 레나, 넌 사막 마라톤만 벌써 7번째 참가한 거라며? 왜 그렇게 해마다 오는 것이니?"

그녀가 해마다 대회에 참가하는 이유가 궁금해 그렇게 물었다.

"내게 모든 도전은 모든 경험이라고 말할 수 있어. 해마다 색다른 경험을 하게 되는데 이번 대회에서는 너를 만났잖아. 이것 또한 내게는 특별한 경험이야. 이번 대회에서 너를 만나 기뻐."

그렇구나. 나는 왜 레나가 매번 똑같은 대회를 오는 것이라고 생각했을까? 그녀의 말대로 매회 만나는 사람들이 다르고, 볼 수 있는 자연환경이 다르고, 경험이 다르고, 느끼는 감동과 생각이 다 다를 수 있을 텐데 그것을 왜 똑같은 경험이라고 생각했던 것일까? 나는 레나의 말을 듣고서야 그녀가 해마다 대회에 오는 이유를 조금은 알 것 같았다.

"레나 넌 정말 특별해."

나는 레나를 보며 진심으로 엄지손가락을 척 올려 보였다. 레나는 쑥스러운 듯 고개를 돌리며 말했다.

"오~ 로키! 저기를 봐! 저 로키산이 우리를 기다리고 있어."

그녀의 말대로 거대한 산이 그 위세를 드러내며 우리를 굽어보고 있었다.

레나와 한 시간 이상을 걸었을 때 완전히 날이 밝았다. 우리는 그동안 서로의 가족 이야기도 해가며 특별한 친구가 되어 있었다. 날이 밝자 금세 사막의 모든 것이 달궈지기 시작했다.

"레나, 잠시만 기다려 줄래? 벗은 옷을 정리하고 이제 선글라스도 꺼내야 할 거 같아."

우리는 잠시 걸음을 멈추어 짐을 새롭게 정리하고 떠나기로 했다. 밤새 입었던 점퍼를 벗어 가방의 맨 아래쪽에 넣고 가방 윗부분에 있는 선글라스를 꺼내어 쓰기만 하면 됐다. 어? 그런데 가방을 열면 바로 보여야 할 선글라스가 보이지 않았다. 가방 안을 이리 뒤지고 저리 뒤지고 온통 헤집어 보아도 보이지 않았다. 결국 나는 가방을 통째로 뒤집어 다른 짐들 사이사이까지 선글라스가 있을만한 모든 공간을 샅샅이 훑어보며 선글라스를 찾았다.

"왜 그래? 임?"

레나가 나를 지켜보다가 걱정스러운 듯 한마디 했다. 나는 반 넋이 나간 채 "선글라스가 없어졌어."라고 말했다.

"무슨 소리야? 잘 찾아봐."

레나가 진정하고 다시 잘 찾아보라고 해서 가방 안을 천천히 살펴보았지만 역시 선글라스는 보이지 않았다. 체크포인트 어딘가에 떨어뜨리고 온 것이 분명했다. 없어진 물건이 선글라스가 아니었다면 나 또한 덜 당황스러웠을 것 같았다. 잃어버린 물건 대신 다른 대체할만한 물건을 찾으면 그만이었다. 그렇지만 선글라스는 달랐다. 사막의 강렬한 태양이 내뿜는 자외선은 상상할 수 없을 만큼 강렬한 것이어서 선글라스 없이는 레이스를 이어갈 수 없었다. 침낭이 없어졌다면 춥게 자면 그만이고 양말 한 짝이 없어졌다면 가져온 여벌의 양말로 대체하면 그만이지만 선글라스는 달랐다. 이제 7~8km 정도만 더 가면 롱데이의 끝을 볼 수 있는데 여기서 선글라스 때문에 완주를 포기해야 하다니 눈물이 왈칵 솟으며 도무지 마음이 진정이 되지 않았다.

선글라스를 포기하고 남은 거리를 무리를 해서라도 간다면 롱데이는 어떻게든 끝낼 수 있겠지만 문제는 이제 얼마 남지 않은 롱데이가 아니었다. 다음날 6일차에 남아있는 42.2km가 문제였다. 하루 종일 이어질 긴 구간의 레이스라 선글라스 없이는 도저히 불가능한 경기였다. 대회 6일차를 위해서라도 두고 온 선글라스를 반드시 찾아야 했다. 롱데이의 마지막 베이스캠프까지는 오후 3시 20분까지 도착해야 하고 남은 거리는 이제 7km 남짓이다. 레나와 걸어온 거리가 1시간

183

30분가량이고 지금 시각은 8시 정도이니 뛰어서 지나온 구간만큼을 오고 가고 한다면….

나는 빠르게 머릿속을 회전시키며 이것저것 가능한 시간을 계산해 보았다. 궁리 끝에 대회 6일차를 위해서라면 무리를 해서라도 선글라스를 찾아오는 게 맞다는 결론이 났다.

"레나, 나는 다시 체크포인트로 돌아가야겠어. 그곳에서 선글라스를 잃어버린 것 같아."

사색이 된 내가 다시 돌아가야겠다고 하자 레나는 한치의 망설임 없이 함께 가보자면서 따라 나섰다.

"아니야, 레나. 그럴 수는 없어. 고맙지만 우리는 여기서 헤어져야 할 것 같아.

레나는 여전히 걱정스러운 눈으로 나를 바라보며 어찌할 바를 몰라 했다.

"그동안 고마웠어. 레나, 네가 아니었더라면 나는 다시 용기 내어보지 못했을 거야. 그것만으로도 고마워."

나는 억지로 레나를 등 떠밀어 보내고 주섬주섬 배낭을 챙겨들고 다시 다섯 번째 체크포인트로 향했다. 달리는 내내 내 심정은 무척 복잡했으며 이 상황을 어떻게 해결해야 할지 몰라 불안하고 두려웠다.

머릿속이 하얗게 된 채 얼마를 달렸을까? 순간 영국 여자 한 명이 나와 반대 방향에서 오고 있는 모습이 보였다. 지금

이 마당에 내가 이것저것 가릴 게 뭐가 있을까? 지푸라기라도 잡는 심정으로 나는 그녀를 불러 세웠다. 그리고는 다짜고짜 앞뒤 없이 말을 쏟아냈다.

"내가 체크포인트에서 선글라스를 잃어버려 그곳으로 가는 중인데 혹시 너에게 선글라스가 두 개 있니?"

그녀는 갑작스럽게 자신을 불러 세운 동양 여자가 가감 없이 여별 선글라스가 있으면 그것부터 내놓으라고 하니 적잖게 당황하는 눈빛이었다. 그녀는 내게 선글라스는 '하나뿐'이라고 강조하며 가던 길을 총총 앞서갔다.

어쩔 도리가 없었다. 그녀가 내 사정을 안타깝게 보지 않는다고 해서 그녀를 원망할 이유는 없었다. 또한 그럴 시간도 여유도 없었다.

영국 여자를 보내고 두 번째 만난 사람이 독일 여자 '사비나'였다. 그녀에게 처음 내 모습이 어떻게 보였는지 모르겠지만 아마도 나는 그녀 앞에서 반쯤 울먹거리며 말을 시작하지 않았나 싶다.

"그러니까, 내가… 선글라스를 잃어버렸는데 말이야…."

나는 순간순간 울컥하며 어렵게 말을 이었다.

"그랬는데 말이야… 선글라스가 없으면 나 레이스를 포기 해야 될지도 몰라."

그녀는 이야기를 하고 있는 내 모습이 무척 안타까워 보였는지 말이 채 끝나기도 전에 내 어깨를 토닥여주고 있었다. 사실 나는 그것만으로도 충분한 위로를 받고 있었다.

"그래서 말인데… 너 선글라스 몇 개 있어? 혹시 두 개 있으면 나 좀 하나 빌려줄 수 있어?"

밑져야 본전이라는 생각으로 나는 그녀에게 선글라스를 몇 개 가지고 있느냐고 물었다. 그랬더니 독일 여자 사비나는 자신에게 선글라스가 두 개 있으니 그중 하나를 나에게 빌려줄 수 있다고 말했다. 이런 것을 두고 '하늘이 돕는다'라고 했던가. 그녀가 자신에게 선글라스가 두 개 있다고 말하는 순간 나는 바닥에 무릎을 대고 털썩 주저앉고 말았다.

"아! 사비나! 정말 고마워!"

나는 그녀 앞에서 그동안 참았던 눈물을 한꺼번에 쏟으며 감격과 감사함을 전했다. 곧 사비나는 자신의 가방에 매달려 있던 작은 선글라스 통에서 고글 형태의 선글라스를 꺼내어 내게 전해주었다. 나는 그제야 조금 진정이 됐다.

"사비나, 그거 알아? 방금 당신은 사막에서 가장 큰 선물을 내게 주었어. 절대 잊지 못할 거야."

나는 사비나를 감싸 안고 어린아이처럼 계속해서 울었다. 사비나는 활짝 미소 지으며 자신은 남편과 함께 대회에 참가 중이며 앞서가고 있는 남편과 동행하기 위해 빨리 가야 한다고 했다. 나는 선글라스를 돌려줄 그녀의 텐트 번호 17을 외우고 그녀를 떠나보냈다. 그리고 나 역시 동행했던 레나를 찾기 위해 다시 여섯 번째 체크포인트를 향해 뛰기 시작했다.

뛰고 또 뛰고 숨이 턱에 닿도록 뛰었지만 레나를 다시 볼 생각에 힘든 줄도 몰랐다. 다시 레나를 만났을 때 그녀는 누구보다 기뻐하며 다행이라는 말을 수없이 되뇌었다. 우리가 헤어지고 난 이후 레나가 얼마나 걱정을 했을지 짐작이 갔다.

나는 그제야 레나에게 '신발' 이야기를 꺼냈다. 솔직히 누구보다 대회 경험이 많은 그녀가 이런 말도 안 되는 신발을 선택해 신고 있다는 것이 이해가 안 갔다. 태양이 뜨자마자 뜨겁게 달아오르기 시작한 지열은 오전 시간대에도 이미 50도를 넘었다. 밑창이 두꺼운 대회용 신발을 신었다 해도 그 뜨거운 열기가 고스란히 전해져 올 정도였다. 뾰족뾰족한 돌들이 깔린 암석 지대를 지날 때에는 매번 발목을 삐긋할 정도로 균형을 잃으며 뾰족한 돌에 발바닥을 찔렸다. 모래 구간에서는 반갑지 않은 모래 속 가시들을 만나기도 했다. 레이스 종료 후 박힌 가시들을 빼낼 때마다 신발 밑창이 두껍지 않았다면 꽤나 아팠겠는 걸 하는 생각이 들었다. 그런데 이런 상황을 모두 알고 있을 법한 레나의 신발 선택이 밑창 없는 버선 신발이라니. 대회 경험만 일곱 번인 그녀가 선택한 신발이 그렇다면 뭔가 특별한 이유라도 있지 않을까 싶어 나는 레나에게 신발에 대해 묻

주어진 조건 그대로 레이스를 마친다던 레나

지 않고 있었다. 그렇지만 선글라스를 얻고 한껏 기분이 좋아진 나는 결국 레나에게 신발에 관한 이야기를 하게 되었다.

"레나, 네 신발 말이야. 대체 왜 그런 신발을 신은 거야? 신발에 문제가 있다면 너도 나처럼 다른 사람에게 빌려."

나는 내가 선글라스를 빌렸듯이 레나도 다른 사람에게 신발을 빌릴 수 있다고 생각했다. 그만큼 레나의 신발은 몹시 불편해 보였다. 분명 저런 신발을 신고 있는 레나의 발은 물집투성이 일 것이다. 절뚝이며 걷는 레나를 보면 그녀의 발 상태가 짐작이 갔다.

"오~ 노노, 나도 처음엔 대회용 신발을 갖고 있었어. 그런데 둘째 날 내 첫 번째 신발이 망가진 거야. 지금 신고 있는 신발은 휴식을 위해 가져온 두 번째 신발이야."

"그래? 신발이 망가졌다고?"

사막의 험난한 지형을 견디지 못해 종종 신발이 망가지는 경우가 있었다.

"그렇다면 더더욱 신발을 빌려야 하는 거 아니야?"

그런 경우를 대비해 여벌의 신발을 배낭에 묶어 다니는 선수들을 종종 보았다. 나는 레나에게 여벌의 신발을 갖고 있는 선수를 찾아 신발을 빌려 신는 게 어떻겠느냐고 권했다.

"봐봐! 나도 이렇게 선글라스를 빌렸잖아. 내가 선글라스를 빌렸듯이 너도 신발을 빌려 신을 수 있을 거야."

레나의 버선 신발로 지금까지 레이스를 이어온 것도 놀라울 일이지만 이대로 남은 레이스를 이어간다는 것도 선수에게는 몹시 불리한 일이었다.

레나는 한껏 웃으며 고개를 도리질했다.

"그건 아니야. 나는 내게 주어진 조건 그대로 이 레이스를 마칠 거야. 이것 또한 나만의 도전이야."

순간 레나의 얼굴이 다르게 보였다. 그렇구나! 레나는 주어진 조건 그대로 대회를 끝까지 가고 싶어 하는구나! 좀 더 쉬운 길을 선택할 수도 있었겠지만 그녀는 돌아서 가더라도 자신의 길을, 자신만의 방식대로 가고 싶어 하는구나. 그때에서야 처음으로 그녀가 이 대회를 일곱 번 치른 베테랑다워 보였다.

상황은 같지만 해결 방법은 저마다 다를 수 있다. 선글라

스를 빌린 선택은 옳지 않고 신발을 빌리지 않은 선택은 옳았
다고 이야기할 수도 없다. 다만 쉬운 길을 알면서도 쉽지 않은
선택을 한 레나였기에 그녀가 걸어간 길이 더 아름답게 빛나
보일 수 있는 것이다.

매너가

영국 신사를 만든다

"레나 너 동지라는 말뜻 알아?"

나는 레나에게 동지라는 말을 가르쳐주고 싶어 그 뜻을 아는지 물었다.

"동지?"

그녀는 내가 하는 말의 뜻을 잘 모르겠다는 표정을 지었다.

"그러니까… 동지란?"

어리둥절한 표정을 짓고 있는 그녀를 보며 나는 일단 바닥에 직선 하나를 주욱 그었다. 그리고 그 선을 '죽음death'이라고 표현했다.

"자, 봐, 이렇게 함께 죽음을 뛰어넘은 사이를 동지라고 해. 너와 나는 오늘 사막의 밤을 넘어 여기까지 왔으니 동지인 거야."

나는 '죽음'이라고 쓴 선 하나를 사이에 두고 이쪽에서 저쪽으로, 저쪽에서 이쪽으로 뛰어넘는 동작을 해 보이며 우리 사이가 '동지'가 됐음을 설명했다. 레나는 더욱 모르겠다는 표정이었지만 그래도 꽤 진지한 표정으로 내 설명에 집중했다.

우리는 하나의 불빛에 의존해 함께 사막의 어둠도 뚫었고, 레나가 '로키산'이라고 불렀던 큰 산도 함께 넘어왔다. 그 험한 롱데이를 함께했으니 우리는 동지가 맞다. 내 짧은 영어실력에 그녀가 그 말뜻을 알아들었는지 모를 일이지만 그래도 그녀는 내 진심을 알아보고 계속해서 '동지! 동지!' 소리 내며 새로 알게 된 단어 하나를 가슴에 새기는 듯했다.

레나와 나, 우리 두 사람은 그렇게 동지가 되어 마침내 마지막 체크포인트에 도착했다. 이제 롱데이 코스의 마지막 관문, 베이스캠프까지는 5.2km 남아 있었다.

체크포인트에 도착해서 독일 여자 사비나를 다시 만났다. 우리보다 먼저 도착한 사비나는 남편과 휴식 중이었다. 다시 사비나를 만난 반가움에 나는 그녀에게 먼저 다가가 인사를 나누었다. 사비나의 남편도 곁에 있었는데 그는 내가 사비나에게 선글라스를 빌린 사연을 이미 듣고 나를 알아보는 눈치였다. 나는 그와도 반갑게 인사를 나누며 사비나가 내게 얼마나 고마운 존재인지 다시 한번 감사함을 표현했다. 감사함의 표현이라야 '땡큐 소 머치'가 전부였지만 사비나는 내가 그녀에게 얼마나 고마워하고 있는지 알아듣는 듯했다. 나는 처음 사비나를 만나 울었던 때가 생각나서 'I don't cry anymore 나는 더 이상 울지 않을 거야'라면서 활짝 웃어 보였다. 장난스럽게 춤을 추는 흉내까지 내면서 '아임 해피'라고 말하니 내 과장된 모습에 그들 부부가 큰 소리로 웃어주었다. 그 순간 나는 정말 사막에서 가장 행복한 사람이었다. 사비나를 만나지 못했더라면 대회를 포기했을 수도 있었다. 생각만 해도 아찔한 순간이다. 그 절체절명의 순간에 사비나를 만난 것도, 레나를 만난 것도 모두 뜻 깊은 인연이고 감사할 일이다.

사비나 부부와 헤어진 뒤 레나와 나는 다시 마지막 베이스 캠프를 향해 갔다. 가면서 사막에서 보기드문 와디를 지나게 되었는데 물이 굉장히 맑고 깨끗해서 바닥의 돌까지 훤히 보였다. 와디에서 반사되는 햇빛은 마치 유리에서 반짝이는 빛처럼 눈이 부실 정도였다. 이른 아침 사막의 와디가 찰랑찰랑 빛나고 있었다. 숨이 멎을 정도의 아름다움이었다. 사막에서 보는 물이라니. 나는 한동안 넋을 놓고 감탄하느라 시간이 얼마나 지났는지도 몰랐다.

"임, 저기 저 사람, 텐트29 사람 아니야?"

레나의 말에 퍼뜩 정신을 차리고 앞을 보니 웬 사람 하나가 바위에 기대어 있는 모습이 보였다. 나는 처음 바위에 기대어 선 사람이 우리 앞을 지나가는 선수들 중 한 사람인 줄 알았다. 롱데이 중에는 선수 간 체력 차이로 앞뒤 구간이 많이 벌어져 사람 구경을 할 수 없었다. 후미 그룹일수록 더욱 사람 보기가 힘들었다. 그런데 나와 같은 텐트를 쓰는 동료 누구라니? 세훈이와 데니는 벌써 베이스캠프에 도착했을 텐데 저기 저 바위에 기대어 선 사람은 누구지? 바위 가까이 가서야 그 사람이 '브라이언'이라는 것을 알았다. 세상에나! 레이스의 전

와디는 '건곡'이라고도 하는 사막의 지형으로
평소에는 물이 흐르지 않다가 큰비가 내리면 물이 흐르는 곳이다.

구간을 달려 선두그룹 중에서도 가장 선두그룹으로 그날그날
완주하는 그가 왜 이 시각까지 완주를 못하고 여기에 있는 거
야? 그를 보자 반가움보다는 놀라움이 먼저 들어 얼어붙은 듯
서고 말았다.

"브라이언, 너 왜 여기 있어?"

나는 롱데이 출발 전부터 구토를 일으켜 제대로 먹지 못하
는 그의 모습을 봐온 터라 몹시 걱정스러웠다. 내가 놀라움을
금치 못하고 큰 소리를 내니 그는 더 머쓱해진 채 자리에서 일
어서서 내게 "넌 괜찮아?"라고만 물었다. 지금 네가 내 걱정하

게 생겼니? 넌 우리와 이 대회에 참여한 목적부터가 다르잖아. 넌 처음부터 완주는 물론이고 상위권 안에 드는 것이 더 큰 목표인 걸로 아는데 아직까지 베이스캠프에 가지 못하고 있었던 거야? 나는 브라이언에게 중간에 무슨 일이 있었는지, 어디 아프기라도 했던 것인지 알 수 없어 몹시 걱정스러웠다. 그런데 평소에도 말이 없고 조용한 이 남자가 그저 내 앞에서 미소만 지으니 더더욱 그 속 사정을 알 수 없어 답답했다. 그는 이런 내 앞에서 연신 미소만 지은 채 "이제 베이스캠프까지 얼마 안 남았어."라는 말만 했다.

뭐지? 나는 그제야 상황 파악이 됐다. 그에게는 레이스 중 선수에게 꼭 있어야 할 가방이 보이지 않았다. 그는 베이스캠프까지 완주한 후 늦게까지 돌아오지 않는 내가 걱정되어 마중을 나와 있었던 것이다.

'브라이언, 너 혹시 내가 걱정되어 나와 있었던 거니? 내가 하도 안 들어오니까 여기까지 나와 있었던 거야?'

나는 장문의 영어로 표현할 수 없어 그저 짧게 "Did you wait for me? here, here?"이라고만 물었다. 그는 내 질문에 이렇다, 저렇다 말없이 그저 웃기만 했다. 세상에나! 진심은 진심으로 통하는 법! 진심을 전하는데 무슨 긴 말이 필요할까? 그의 웃음에 묻힌 진심을 알고 나서야 감사함에 코끝이 찡했다. 이 고마움을 뭐라 표현할 수 있을까?

196

"브라이언, 고마워!

Thank you so much!"

나는 겨우 이 말만으로 그에게 감사함을 전했다. 그는 말
없이 내 뒤를 따랐다. 내가 그와 이야기를 나누는 사이 저만
치 앞서 간 레나를 따라가기 위해 뛰었더니 뒤따라오던 브라
이언도 뛰었다. 내가 레나와 다시 걸음을 맞추어 걸으며 속도
를 늦추자 브라이언 역시 속도를 늦추었다. 나는 발이 아픈 레
나를 앞서지 않았고 브라이언은 지친 나를 앞서지 않았다. 그
는 마치 든든한 호위무사처럼 그저 말없이 뒤를 봐주며 따라
올 뿐이었다. 그가 마중 나온 길은 족히 3km는 됐다. 오고 가
고 6km 이상 걷는다는 것은 이미 코스를 완주한 그로서도 쉽
지 않은 선택이었을 것이다. 일단 베이스캠프로 들어간 선수
는 다시 캠프를 벗어나 나오기 힘들다. 선수가 GPS를 달지 않
고 돌아다니는 것은 매우 위험한 행동이며 규정에도 벗어나는
일이다. 그럼에도 그는 동료인 내가 걱정되어 마중 나온 것이
다. 나는 중간중간 뒤돌아 브라이언에게 고맙다는 인사를 전
했다. 말 한마디로 갚을 수 있는 고마움은 아니었다.

그 사이 드디어 롱데이의 끝 지점인 네 번째 베이스캠프에
오전 9시 30분쯤 도착했다. 전날 세 번째 베이스캠프를 출발
한 지 25시간 만이었다. 820여 명 중 718등으로 롱데이를 완주

세훈과 브라이언

했다. 브라이언은 도착해서 내가 받은 1.5L 물 세 통을 대신 받아 텐트까지 들고 와주었다. 그는 끝까지 영국 신사다웠다.

　내가 텐트에 무사귀환하자 세훈이는 "이모, 중간에 기권했는 줄 알았어요."라며 첫인사를 전했다. 그리고는 "브라이언이 이모 오는가 본다고 나갔는데 만났어요? 아마 한참 기다렸을 거예요"했다. 역시 그가 바위에 기대어 서 있던 이유가 그거였었구나. 브라이언은 내가 텐트에 들어와 쓰러지듯 눕자마자 어디론가 사라졌다. 메디컬 센터에 가 있는 데니를 챙기기 위해 그곳에 가 있는지도 몰랐다. 그는 항상 일찍 레이스를 마치고 돌아와 텐트를 지탱할 돌을 고르러 다녔다. 그가 골라온 돌로 텐트를 고정시켜 놓지 않았더라면 텐트는 사하라의 모진 밤바람을 견디지 못하고 여러 차례 바람에 날려 쓰러졌을 것이다. 브라이언은 그런 사람이다. 나는 브라이언이 돌을 고르고 옮겨와 텐트를 고정시켜 놓는다는 것도 레이스가 시작된 지 며칠이 지나서야 세훈이의 말을 듣고 알았다. 말없이 주변을 챙기고 보살피는 영국 신사 '브라이언'. 그는 같은 텐트를 쓰면서 가장 말을 적게 나눈 친구이기도 했다.

내 가슴을
뛰게 하는 것

우여곡절 끝에 롱데이를 마치고 나는 처음으로 사막을 있는 그대로 바라볼 수 있는 여유를 갖게 되었다. 사하라 사막 마라톤에 참가한 이후 처음 가져보는 편안함이었다. 31시간 주어졌던 무박의 롱데이를 25시간여 만에 마치고 텐트에서 콜라 한 모금과 함께 바라보는 사막의 풍경은 이전까지 느꼈던 치열함하고는 전혀 다른 세계의 것이었다. 대회 하루, 이틀째까지 데이터를 통해 간간이 이어지던 세상과의 소통도 완전히 단절된 채였다. 그야말로 사하라는 보이지 않는 요새에 둘러싸인 외딴섬과 같은 곳이었다. 세상을 이어주는 그 어떤 것도 오고 가지 않는 상태였다.

나는 이곳 사하라에서 오로지 나에게만 집중하며 내 목소리에 귀 기울이고 있었다. 늘 바빴고 항상 타인을 의식하며 살아온 시간이었기에 나에게 집중하며 내 목소리를 듣는다는 것이 처음에는 쉽지 않았다. 세상이 가르쳐 준대로 살아야 옳은 삶인 줄 알았고, 그것이 행복인 줄 알았다. 남하고 다르게 사는 것은 옳지 못한 삶이고 세상 무리 속에서 뒤쳐진 삶은 불행한 삶이라고 생각했다. 그래서 세상이 그어 놓은 선 안에서 아등

바등 살아왔다.

그러다 보니 정작 내가 무엇을 좋아하고 무엇을 원하는지는 잊고 살았다. 나를 가슴 뛰게 하는 모든 것들은 잊고 '나중에, 언젠가는' 이라며 뒤로 미루고 살다가 정작 내가 무엇을 원하는지 모르게 되었다. 그 무엇에도 가슴 뛰지 않는 삶을 살고 있었다.

나는 조용히 텐트 밖의 풍경을 바라봤다. 사막의 바람도 모래도 그대로였지만 이제까지의 치열함을 내려놓고 바라보는 그곳의 풍경은 '여유로움' 그 자체였다. 숨통을 조여 오던 사막의 뜨거움이라는 것도 선 밖으로 나와 바라보면 사막을 이루는 한 요소일 뿐, 사막에 있으면서 그 뜨거움이 없길 바라는 것 자체가 욕심이었다는 것도 알게 됐다. 나는 사막의 평원을 바라보면서 내가 원하는 삶을 떠올려보았다. 내 가슴을 뛰게 하는 그 '무엇'을 조용히 떠올리며 심장의 박동수가 점점 올라가는 것을 느꼈다. 그래! 이제 나는 이렇게 가슴 뛰는 삶을 살 거야. 내 가슴을 뛰게 하는 그 '무엇'을 만난다면 망설이지 않고 그 길로 달려가겠어!

대회 첫날 '레나'는 그랬다. 그날의 기록과 순위에 잔뜩 신경을 쓰고 있는 나와는 달리 그녀는 자신의 순위와 기록에 전혀 관심이 없어 보였다. 나는 운영위의 허술한 기록 관리에 화

조용히 텐트 밖의 풍경을 바라봤다. 사막의 바람도 모래도 그대로였지만

이제까지의 치열함을 내려놓고 바라보는 그곳의 풍경은 '여유로움' 그 자체였다.

를 냈었지만 레나는 처음부터 남과 비교하며 경쟁하는 방식 자체를 원하지 않았다. 오로지 자신의 도전과 그 도전을 따르는 열정만을 가슴에 담고 있었다.

"레나, 너 오늘 몇 등 했어?"

"나? 그런 거 모르는데…."

"그러면 너 저기 게시판의 기록을 보지 않은 거야?"

그녀는 그렇다며 웃으며 답했었다. 그리고 나는 그런 그녀를 이해하지 못했다. 해마다 대회에 왔고 이번이 7번째 대회라면 종전의 기록과 지금의 기록을 비교한 후 다음 목표를 계획하고 더 높은 목표를 세워야 할 텐데 이제껏 게시판의 기록조차 보지 않고 자신의 순위조차 모른다니… 그녀가 허술해 보이기까지 했다. 그렇지만 대회 5일차에 들어서야 나는 레나가 진정으로 원했던 것이 무엇인지 알 수 있었다. 레나는 자기가 원하는 삶의 방식을 알고 그 방식대로 자신의 삶을 살고 있던 것이다.

롱데이를 지나온 대회 5일차 아침에, 나는 레나를 떠올리면서 남은 거리 42.2km를 남겨두고 스타트 라인의 앞부분이 아닌 가장 끝부분에 서 있었다.

'이제 내 속도대로, 내 걸음걸이대로

마지막 구간을 가보자.'

비로소 나는 레이스를 진심으로 즐길 준비가 된 듯했다.

사막에 오기 전 사람들은 내게 말했다.

"거기를 왜 가는데?"

그리고 내가 사막에 다녀왔다고 한다면 사람들은 또한 물어볼 것이다.

"그래서 얻은 것이 뭔데?"

물론 사막을 한 번 뛰어봤다고 해서 내 삶이 확 달라졌다고 말할 수 없다. 그렇지만 나는 안다. 내 마음속에 들어온 사막이 계속해서 나를 가슴 뛰게 할 것이고, 나를 앞으로 나아가게 할 것이며 내가 포기하고 싶은 순간마다 선명하게 떠오를 것이라는 사실을. 어쩌면 앞으로의 삶에서 지금껏 넘어온 빅듄보다 더 큰 빅듄을 만나게 될지도 모른다. 그때의 '나'라면 오르고 기고 미끄러지고 넘어지고를 반복하면서 어떻게든 빅듄을 넘어설 것이다. 그것이 내가 사막에서 배운 빅듄을 넘는 법이니까. 대회 5일차의 첫 발에는 그런 설렘이 묻어 있었다. 그건 마치 사막 저편의 연인에게로 달려가고픈 그런 '두근거림' 비슷한 것이었다.

완주 메달을
목에 걸고

    대회 5일차는 마지막 레이스 날이다. 대회 4일차 롱데이가 무박으로 이틀간 진행된 레이스였으니 실제 대회 5일차는 일주일간 이어지는 대회의 6일째 날이기도 하다. 5일차 뒤에는 6일차(실제는 7일차) 레이스가 하루 남아있기는 하지만 대회 6일차는 모로코 현지 아이들을 돕기 위한 자선 걷기 행사로 구간도 10km 미만이다. 대회의 공식 레이스는 5일차에 마무리되며 이날까지 지금까지의 모든 구간을 제한 시간 내에 들어왔다면 마지막 베이스캠프에 도착하는 순간 완주 메달을 받을 수 있다.

    대회 5일차의 총 구간은 42.2km로 중간에 거쳐야 할 체크포인트가 3군데이고 제한 시간은 12시간, 출발 시각은 조금 이른 오전 7시였다. 출발 라인에 선 선수들은 그 어느 때보다도 흥이 넘쳐 보였다. 대회의 공식 응원가가 된 〈하이웨이 투 헬〉은 대회의 어떤 날보다도 더 크고 흥겹게 불렸고 선수들이 중간중간 내지르는 환호성은 마치 축포처럼 들려왔다. 드디어 바우어와 선수들이 동시에 외친 'Go!'가 신호탄이 되어 대회 마지막 레이스의 시작을 알렸다.

밧줄을 잡고 올라야 할 만큼 경사도가 심한 구간

나는 처음으로 스타트 라인 부근에서 달리지 않았다. 대회의 마지막 날, 나는 그동안 보지 못했던 사막을 제대로 눈과 가슴에 담아두기로 했다. 생의 순간순간 떠올리게 될 사막이니만큼 어느 한 부분 놓치는 곳 없이 구석구석 보고 느끼고 귀기울이며 내 온 시야에 사막의 한 장면, 한 장면 모두를 담아놓고 싶었다. 선수들과 경쟁하며 달리지 않겠다는 마음만으로도 내 마음은 이미 많은 부분이 달라져 있었다.

대회 5일차 첫 번째 체크포인트까지의 구간에서 만난 '산'만 해도 그렇다. 롱데이 날 레나가 '로키산'이라고 부른 산을 넘었다면 대회 5일차에 넘게 된 산은 'K2'쯤 되는 압도적인 규모였다. 밧줄을 잡고 올라야 할 만큼 경사도가 심했다. 모든 선수들이 같은 구간을 지나야 했기에 그로 인해 정체가 되는 구간도 생겨났다. 길게 늘어선 줄로 인해 속도가 많이 느려졌고 선수 하나하나가 하나의 밧줄을 잡고 올라야 하는 만큼 내 차례까지 오랜 시간을 기다려야 하는 상황도 생겼다.

그 답답함을 이기지 못해 코스에서 벗어나 위험한 길로 들어선 사람들도 있었다. 코스에서 벗어나면 수직에 가까운 낭떠러지에 올라서게 되므로 자원봉사자들이 그런 사람들을 중간에서 되돌려 보내기도 했다. 대회 마지막 날이 아니었더라면 나는 예전과 마찬가지로 불평했을 것이며 아마도 더 빨리 가기 위해 코스를 벗어난 길로 가려 했을 것이다. 그렇지만 나는 달라져 있었다. 롱데이를 지나면서부터 사막은 내게 더 이상 '치열함'이 아닌 '여유로움' 그 자체였다. 나는 사람들과 경쟁하며 앞설 이유가 없었다. 좀 더 천천히, 좀 더 여유롭게 남아 있는 레이스를 즐기며 마지막을 향해 가고 싶었다.

어느 순간 나는 세 번째 체크포인트를 지나 마지막 베이스캠프까지 777m를 남겨놓고 있었다. 완주 메달을 받게 될 전방 777m에 '브라보 777m'라고 쓰인 표지판이 있었다. 그 앞에서 나는 가던 걸음을 멈추었다. 순간 알 수 없는 울컥함이 솟구쳤다. '이제 다 끝났구나!' 하는 심정에 뭐라 말로 표현할 수 없는 뭉클함마저 들어 쉽게 걸음을 뗄 수 없었다.

'BRAVO 777' 표지판

나는 처음 사하라에 오기 하루 전 엄마가 뇌출혈로 중환자실에 입원했다는 소식을 듣고 그것만으로도 힘든 레이스를 시작했다. 빅듄에서는 주로에서 벗어나 탈진하여 '닥터 스톱'을 당할 뻔했고, 대회 3일차부터는 심한 울렁증과 구토 등으로 크게 고생했으며, 롱데이에서는 혼자 남아 사막의 어둠 속에서 공포에 떨어야 했다. 그때마다 나는 포기를 생각했다. 더는 나아갈 수 없을 것이라고 생각했고 '포기'보다 빠르고 쉬운 답을 찾지 못했다. 너무 고통스러웠고 두려웠고 절망스러웠다. 그럴 때마다 나는 스스로에게 '포기는 일러. 조금만 더 가보자.' 했었다. 그리고 그 과정을 거쳐 마지막 베이스캠프 777m 앞까지 오게 된 것이다. 내가 '브라보 777' 표지판 앞에서 그동안의 일들을 떠올리며 넋을 놓고 있자 한 선수가 다가와 내게 "너 괜찮니?" 했다. 레이스 도중 참 많이도 들었던 말이다.

나는 내게 말을 건넨 선수에게 괜찮다는 뜻으로 먼저 가라고 손짓을 하고 주변의 사막을 한 바퀴 돌아보았다. '이제 이곳을 떠나면 언제 다시 오게 될까?' 하는 생각이 들었다. 평생 잊지 못할 거야. 나는 사막에 '안녕'을 고하며 마지막 베이스캠프를 향해 달렸다. 곧 결승선에 서 있는 바우어가 보였다. 결승선에 들어서자 그가 곧바로 내게 완주 메달을 걸어주었고 나는 비로소 참았던 눈물을 흘렸다. 많은 사람이 완주 메달을 걸며 울었다. 나 또한 쉽사리 눈물을 그치지 못했다. 극한을 이겨낸 뿌듯함도 그 안에 있었다. 그렇지만 그 이유뿐 만은 아니었다. 나를 이곳까지 몰아온 모든 순간과 시간이 그 안에 들어 있었다. 그 모든 '과정'을 지나온 나 자신에게 벅찬 감동이 들어서도 눈물이 났다. 내가 들어온 시각은 제한 시간인 19시보다 조금 이른 17시 10분이었다. 잠시 휴식을 취한 나는 레이스의 마지막 주자에게 큰 박수를

완주메달

쳐주고 싶은 마음에 결승선 앞에 섰다. 이곳에서는 '너 몇 등 했어?'가 하나도 중요하지 않다. 결과보다 '과정'이 중요하다는 것을 알고 있기 때문이다.

제한 시간인 오후 7시가 다 되어갈 무렵 마지막 주자가 들어왔고 그 또한

선수들의 완주를 축하하는 의미로 초대 가수의 공연이 이어졌고

많은 취재진이 선수들의 마지막 모습을 바쁘게 카메라에 담고 있었다.

많은 눈물을 흘렸다. 물론 이것이 끝이 아님을 그도 알고 나도 알고 있었다. 우리는 더 많은 레이스를 남겨두고 잠시 쉬어가는 타임을 맞이한 것일 수도 있다. 이곳 사하라에서 격전의 일주일을 보내고 삶의 또 다른 무대로 옮겨갈 준비를 하며 그도 나도 잠시 숨 고르기 중이었다. 그렇게 그에게도 나에게도 길었던 하루가 지나가고 있었다.

대회 마지막 주자가 들어오고 결승선이 되어준 대형 아치가 철거됐다. 선수들의 완주를 축하하는 의미로 초대 가수의 공연이 이어졌고 많은 취재진이 선수들의 마지막 모습을 바쁘게 카메라에 담고 있었다. 공연 무대를 보지 않는 선수들은 그들대로 캠프파이어를 즐기며 일주일간의 대회를 마무리하고 있었다. '이제 이곳을 떠나는구나.' 하는 생각에 아쉬움이 가득한 밤이었다. 사하라의 별들이 여전히 반짝이고 있었고 이곳에서의 모든 순간들이 '기억'이라는 이름으로 전환되고 있었다.

사막에서
가장 큰 선물

"음… 그러니까 내 선글라스는…."

나는 대회 5일차의 이른 아침에 운영위의 분실물 센터 앞에서 잃어버린 내 선글라스에 대해 열심히 설명 중이었다. 대회 4일차 롱데이는 무박으로 밤에도 쉼 없이 레이스를 펼쳐야하는 날이었기에 대회 전 일정 중 가장 힘이 들고 지치는 날이기도 했다. 그 정신없는 와중에 나는 체크포인트 어디에서인가 나도 모르게 그만 선글라스를 흘리고 만 것이다.

롱데이 날, 선수들 대부분은 먹지도 자지도 않고 무박의 레이스를 강행하고 있었다. 나 역시도 그랬다. 희미한 헤드랜턴의 불빛에 의존해 다섯 번째 체크포인트까지 온 것만 해도 기적 같은 일이었다. 여섯 번째 체크포인트 가까이에 이르자 나는 길고 길었던 롱데이의 끝을 그제야 보는 것 같아 혼자 감격스러웠다. 어렵고 멀게만 느껴졌던 완주가 제법 가까이 다가온 것 같았다. 결승선에 들어서는 내 모습을 상상하는 것만으로도 가슴이 뭉클했다. 그때쯤 다섯 번째와 여섯 번째 체크포인트 사이의 어디쯤에서 해가 떠올랐다. 답답했던 시야가 풀리면서 이어가야 할 주로가 선명하게 눈에 들어왔다. 나는 롱데이를 무사히 끝냈다는 안도감에 몹시 들떠있었다. 그리고 그 들뜬 마음이 채 가라앉기도 전에 가방 안에 있어야 할 내 선글라스가 보이지 않는다는 것을 알게 되었다. 사막의 태양은 극렬하여 맨눈으로 버티기에는 무리가 있었다. 자칫 눈에 화상을 입을 수도 있는 일이었다. 흰 눈에서 반사되는 자외선 탓에 '설맹'을 입을 수 있듯이 사막에서도 강한 햇빛에 오래 노출되면 눈에 '광각막염'이라는 화상을 입을 수 있다.

이곳은 지구상 가장 강한 자외선이 내리쬐는 사하라다. 광각막염이 아닐지라도 사막에서 맨눈으로 하루 종일 햇빛을 마주한다는 것은 버티기 힘든 일이다. 사막의 한낮에는 모래에서 강한 자외선이 반사된다. 좌우지간 나는 사막 마라톤에서 필수 품목 중 하나인 선글라스를 잃어버렸고 롱데이 다음 날에는 42.2km의 거리가 남아 있는 상태였다. 선글라스가 없다는 것은 남은 레이스를 이어갈 수 있느냐, 없느냐 하는 것만큼의 중요한 문제이기도 했다. 결국 나는 레이스를 포기하는 심정으로 마지막 베이스캠프를 앞에 두고 체크포인트로 되돌아가는 길을 선택할 수밖에 없었고 그 절체절명의 순간에 '사비나'를 만난 것이다. 사비나를 만나 그녀가 내게 여벌의 선글라스를 빌려주겠다고 했을 때 나는 레이스를 다시 이어갈 수 있다는 희망으로 감격의 눈물을 흘리고 말았다.

나는 사비나에게 선글라스를 돌려주기 위해서라도 내 선

글라스를 꼭 찾아야 했다. 그런 이유로 나는 롱데이에서 베이스캠프에 돌아온 후부터 계속해서 운영위의 분실물 센터를 찾아갔었다.

"음… 그러니까, 롱데이 날 나는 내 선글라스를 잃어버렸어. 아마도 네 번째나 다섯 번째 체크포인트 둘 중 어느 곳에서 일 거야."

첫날 분실물 센터를 맡고 있는 자원봉사자는 들어온 분실물 중 내 선글라스가 없음을 확인시켜 주었다. 내가 무척이나 실망한 모습으로 돌아서자 그녀는 황급히 나를 부르며 "내일 다시 한번 와볼래? 간혹 분실물이 늦게 들어오기도 해."라고 말했다. 나는 그럼에도 실망감을 감추지 못한 채 어깨를 축 늘어뜨리고 사비나가 있는 텐트17을 찾아갔다.

"어쩌지… 사비나, 잃어버린 내 선글라스를 찾지 못했어."

나는 아직 끝나지 않은 5일차에 대한 부담으로 거의 울상이 되어 사비나에게 상황을 전했다. 그런 내 모습을 보던 사비나는 롱데이 날처럼 어깨를 토닥여주며 "괜찮아. 내게는 다른 선글라스가 있으니 빌려준 선글라스는 대회가 끝날 때까지 써도 좋아."

나는 빌린 선글라스에 대한 고마움도 컸지만 그보다 사람 좋은 사비나의 웃음을 보면서 많은 위안을 얻고 있었다.

"고마워, 사비나"

나는 사비나에게 다시 한번 고마운 마음을 전했다. 그리고 사비나의 도움을 받아 롱데이 다음 날이자 대회의 공식 마지막 날인 대회 5일차에 완주 메달을 받을 수 있게 된 것이다. 그 감격을 무엇에 비할까. 나는 완주 메달을 걸고 아이처럼 기뻐하며 사비나를 찾아갔다. 나보다 먼저 도착한 사비나는 휴식 중이었다.

"사비나, 내가 완주 메달을 받았어."

나는 눈물을 글썽인 채 사비나에게 완주 메달을 보였다. 그녀는 나를 알아보고 '임, 축하해.'라면서 기쁨을 감추지 못했다. 나는 그동안의 고단함과 노곤함이 한꺼번에 몰리면서 사비나의 품에 안겼다. 그녀는 엄마처럼 언니처럼 나를 안아주었다. 함께 사진을 찍자는 내 제안에도 그녀는 흔쾌히 동의하

면서 환한 미소로 사진을 남겨주었다. 사진을 찍은 후 내가 이틀 동안이나 썼던 그녀의 선글라스를 돌려주려고 하자 그녀는 "임, 너 잃어버린 선글라스는 찾았니?"했다. 사실 그녀는 롱데이 이후에도 이어진 대회의 시작 전이나 후에 나를 보면 내가 선글라스를 찾았는지 꼭 물어봐 주었다. 그녀는 내가 레이스 후, 분실물 센터에 아침, 저녁으로 들르고 있다는 사실을 알고 있었다.

"아니, 아직 찾지 못했어."

나는 대회 5일차 완주 메달을 받을 때까지도 선글라스를 찾지 못했었다. 내가 힘없이 대답하자 그녀는 더 환하게 웃으며 나를 다독거려 주었다.

"임, 그때 대회 중에 네 생일이 있었다고 말했었잖아?"

그녀를 처음 만난 날, 나는 여담으로 대회의 첫째 날이 내 생일이었다고 이야기했었다. 사비나는 내가 지나가는 말로 한 얘기를 기억하고 있었다.

"이제 이 선글라스는 나 줄 필요 없어. 이건 내가 너에게 주는 생일 선물이야."

사비나에게서 생각지도 못한 뜻밖의 생일 선물을 받고 나는 크게 감동해서 그녀에게 그저 "리얼리?"라는 말만 반복했다. 그녀는 큰 미소로 화답하며 "물론이야Well, of course."라는 말로 진심을 전했다. 나는 그런 그녀에게 "사비나, 당신은 지금

216

사막에서 가장 큰 선물을 내게 주었어You gave me the biggest gift in the desert right now."라고 말했다. 서툰 영어 표현이었지만 내 말을 알아들은 그녀가 "천만에"라고 말하는 것으로 보아 전해야 했던 말만큼이나 서툰 내 감정도 어색하게나마 그녀에게 전달되었던 듯싶다. 사비나의 선글라스는 내가 받은 그 어떤 선물보다 값지고 귀한 선물로 남았다.

사비나에게 사막에서 가장 큰 선물을 받은 다음 날 이른 아침에 나는 드디어 잃어버렸던 내 선글라스를 찾았다. 분실물 센터에서 찾아 헤맨 선글라스는 이틀이 지난 후에야 다시 내 품으로 돌아왔다. 그래도 사막에서 동고동락하며 완주 메달을 받는 데 일조한 녀석인데 처음같이 왔듯이 갈 때도 같이 가는 것이 맞다고 생각됐다.

이 녀석! 하마터면 사막의 모래 바닥에 떨어져 여생을 마칠 뻔했잖아. 내 애간장을 있는 대로 다 녹이고 돌아온 탕아처럼 품에 안긴 선글라스를 보니 이제 다시 돌아가야 할 시간이 오긴 왔나 보다 하는 생각이 들었다.

다시 배낭을 메고 자선 걷기 행사로 6.1km를 완주 후 '와르자자테'행 버스에 올랐다. 내 전체 기록은 823명 중 순위 718위, 총 60시간, 평균 속도 3.8km/h 이었다.

사하라가
그리워

대회 6일차의 일정은 6.1km 자선 걷기 행사 후 '와르자자테' 행 버스를 타고 6시간 이동하여 운영위에서 정한 숙소에 도착하여 휴식하는 것이 전부다. 이때 사하라 도착 직후 모로코로 먼저 보낸 개인 짐을 찾아야 하고 짐을 찾으면 각자에게 배정된 호텔의 룸을 찾아서 짐을 풀고 뷔페식 저녁을 먹는다. 나머지 일정은 다음날 모로코에서 하루 자유 시간을 보낸 다음 이튿날 와르자자테 공항으로 이동하여 첫 출발지였던 프랑스 샤를 드골 공항으로 이동하는 것이다. 여기까지가 2019년 모로코 사하라 사막 마라톤 34기의 모든 공식 일정의 끝이다.

나는 호텔에서도 같은 방을 쓰게 된 데니와 함께 버스에 앉아 모로코 와르자자테를 향해 갔다. 대회 기간 중 같은 텐트에서 생활한 데니는 싱가포르 국적으로 대회에 참가했지만 영국 사람이었다. 그녀를 처음 봤을 때 나는 그녀의 곱상하고 예쁜 외모 덕에 그녀를 한참 오해했었다. 고생이라고는 모르고 살았을 것 같은 외모로 인해 과연 그녀가 사막 마라톤과 같은 험한 대회를 견딜 수 있을지 의문이었다. 데니를 보면서 이런저런 이유로 나는 그녀가 이 대회를 견디지 못할 것이라고 생각했다. 그렇지만 실제 그녀는 출산 두 달 만에 42.195 km 마라톤 풀코스를 완주한 뚝심 있고 저력 있는 여자였다. 데니는 레이스 내내 한 번도 나약함을 보이지 않았다. 오히려 텐트 내 동료들을 챙기고 안부를 묻고 도움 줄 일은 없는지 늘 살폈다. 사실 데니는 대회 첫 하루가 지났을 때부터 이미 발에 물집이 잡혀 고생하고 있었다. 대회 둘째 날부터는 물집이 터지고 살갗까지 벗겨져 피가 날 정도였다. 물집뿐만 아니라 양쪽 발의 엄지발톱 또한 검은 멍이 올라와 금방 빠져버릴 것처럼 부풀어 있었다. 레이스가 이어질수록 데니의 발 상태는 더욱 심각해져 도대체 저런 상태로 어떻게 레이스를 이어가고 있는지 그녀의 의지가 그저 놀라울 뿐이었다. 그녀는 끝내 이런 악조건 속에서도 완주 메달을 받았고 순위는 내 바로 앞이었다. 그녀의 완주는 누구보다도 완벽한 최고의 것이었다.

그런데 이 대단하고 최고인 여자가 대회 중 자꾸 나를 보고 '최고! 최고!'라는 말을 했다. 그녀는 내게 "IM, best of best가 한국말로 뭐야?" 했다. 나는 느닷없는 데니의 질문에 엄지손가락을 치켜 올리며 "최고"라고 답해주었다. 그랬더니 데니는 그때부터 내게 자꾸 '임, 최고! 최고!' 했다. 내가 데니에게 '아유 오케이?'만 해도 '임, 최고! 최고!'라고 하고 내가 그녀에게 '밥은 먹었느냐?'만 해도 '임, 최고! 최고!' 했다.

사실 그녀의 인성이야말로 최고였다. 데니는 내가 대회 3일차부터 햇빛 알레르기로 얼굴 가득 트러블이 올라왔을 때 속상해하는 그 마음을 가장 잘 알아준 친구이기도 했다. 트러블이 얼굴 전체에 퍼져 과연 예전의 얼굴 상태로 돌아갈 수 있을까를 걱정하던 그때 그녀는 자신이 가지고 온 알레르기 약을 챙겨주면서 나를 걱정해주었다. 내 피부 트러블보다 훨씬 심한 자신의 발에 대해서는 아프다 소리 한 번을 안 하면서 말이다. 그래서 대회가 끝나갈 무렵 나는 그녀에게 발에 물집이 잡히지 않는 나만의 비법을 특별히 알려주었다. 나는 대회 중 한 번도 물집이 잡히지 않았기에 가능한 일이었다. 그녀는 그때도 역시나 '임, 최고! 최고!'를 연달아 말했다. 참으로 귀엽고 사랑스러운 여자였다. 대회에서 데니가 없었다면 참 서운할 뻔했다.

대회 6일차 나는 데니와 함께 드디어 사하라를 벗어나는 6시간의 대장정에 올라 이런저런 얘기를 나누고 있었다. 우리를 태운 대형 버스는 한계령 같은 구간을 끝없이 돌고 있었다. '아차 하면 바로 옆의 깎아지른 수직 절벽 아래로 그냥 떨어져 한순간 모두 황천길로 가게 생겼다' 싶은 그런 구간이었다. 그 위험천만한 순간에 버스가 갑자기 서서 모두를 어리둥절하게 만들었다. 모두들 무슨 일인가 싶어 함께 탄 대회 운영진의 말에 귀를 기울었다. 그의 말은 버스가 고장이 나서 잠시 멈춰

서게 됐으며 뒤에 오고 있는 버스가 있으니, 그 버스가 도착하면 그쪽 버스로 모두 이동해야 한다는 말이었다. 도대체 이게 웬일인가 싶었다. 하필 버스가 멈춰 선 곳이 버스 한 대도 지나가기 힘든 난코스인데다가 고도도 높은 산악지형이어서 몹시 걱정스럽기도 했다. 숙소로 빨리 돌아가 쉬고 싶은 마음도 있고 이 상황에 언제 올지 모르는 버스까지 기다려야 한다니, 그저 이 상황이 몹시 당황스럽고 짜증스럽기만 했다. 그때 버스의 앞쪽에 앉아 있던 누군가가 큰 목소리를 냈다.

"너희들 침낭 있지? 우리 오늘 여기서 자고 가야 할지도 몰라."

상황을 무마시키고자 하는 그의 위트 있는 이 한 마디에 모두들 긴장을 놓고 웃고 말았다. 사하라에서 거의 비박 수준으로 레이스를 펼쳐온 우리들이었기에 저마다 침낭 하나쯤은 가지고 있었고 그의 말대로 여차하면 침낭을 꺼내 여기서 잠을 잔다 해도 하룻밤쯤은 너끈히 자고도 남을 사람들이었다. 우리들로 말할 것 같으면 사막 한복판에서도 일주일간 먹고 잔 사하라의 용사들 아니겠는가. 물론 그의 유머는 위기를 재치 있게 넘기고자 하는 서양식 조크였다. 그렇지만 나는 그들의 이런 남다른 시각이 부러웠다. 같은 상황이지만 짜증스럽고 불편하게 볼 것이 아니라 상황을 가볍고 유머러스하게 넘기면서 긍정적으로 대처하는 그들의 사고가 부러웠다.

대회 중 느낀 것이지만 이런 남다른 그들의 사고방식은 대회 곳곳에서 볼 수 있었다. 대회 2일차에 빅둔을 넘으면서 혼자 갖은 고생을 다하고 체력이 다해 자꾸 뒤로 밀리고 있을 때 선수들이 내 앞으로 치고 나가면서 그동안 보지 못했던 후미 그룹의 선수들을 많이 보게 되었다. 그중에는 절단 된 다리에 의족을 단 선수도 있었고 시각장애인과 그를 돕는 도우미 선수도 있었다. 지금까지의 경험으로 본다면 대회에 특이한 경력이나 신체적 장애를 가진 사람들이 있었다면 이런 사람들을 내세워 대회를 더 홍보하거나 이러이러한 사람들이 이번 대회에 함께 참여하고 있으니 격려 차원에서 박수를 쳐주자고 하면서 은근한 편견과 특별한 대우로 그들을 소개했을 것이다. 적어도 내가 머물고 자라온 사회에서는 이런 식으로 그들을 바라보고 대우하는 것이 자연스럽고 흔한 일이었다.

그런데 나는 내가 참여하고 있는 대회이면서도 그들의 참석 유무를 알지 못했다. 어느 누구도 그들을 특별하게 보면서 소개하지 않았다. 물론 어떤 도움도 주지 않았고 특별한 대우도 없었다. 장애가 있건 없건 그들도 레이스를 똑같은 조건과 대우로 완주해야 했다. 다만 그들이 도움을 원할 때 정해진 규칙 안에서 줄 수 있는 만큼의 도움만 주었다. 그 정도 도움은 나도 받았으니 장애가 있다고 해서 특별히 받은 도움도 아니었다. 이곳에서는 그들이 장애를 가졌다고 해서 특별하게 보는 것이 아니라 똑같은 인격으로 대우하고 있었다. 다만 특별한 사연이 있는 경우 그들의 그런 의지를 높게 평가해 완주 후 특별상을 주는 일은 있었다. 우리의 시각과 문화와는 너무 다른 모습에 그들의 편견 없는 사고가 몹시 부럽기도 한순간이었다.

이런저런 생각과 고비 끝에 오후 여섯 시쯤 모로코 와르자자테 공항 부근의 호텔에 도착했다. 나와 데니는 개인 짐을 찾고 정해진 숙소의 룸을 찾아 들어갔다. 야자수와 열대식물이 보기 좋게 어우러진 고급 진 외관의 호텔이었다. 그렇지만 숙소 안의 룸은 최신 시설하고는 거리가 있는 좀 허름한 모습이었다. 그래도 자연과 어우러지는 외부 경관만큼은 몹시 뛰어나 색다르게 보이는 모로코스러운 분위기에 한껏 취할 수 있었다. 아마도 그런 기분은 이제 대회가 끝나고 맞게 된 푹신한 침대와 따뜻한 물과 샤워라는 덤이 추가되어 얻어진 고조된 기분 때문이었는지도 모른다. 룸에 도착해 짐을 푼 데니는 물집 치료를 위해 메디컬 센터부터 다녀와야겠다고 했다. 덕분에 나는 데니보다 먼저 샤워를 할 수 있게 되었다. 대회 기간 중 처음 누려보는 호사였고 일주일 만의 목욕이었다. 그런데 정말 예상은 했지만 예상했던 것보다 훨씬 많은 양의 모래가 씻어도 씻어도 계속 나왔다. 욕조 바닥에는 사하라의 붉은

저녁노을이 유리창 밖의 하늘을 붉게 물들이고 있었다.

모래가 켜켜이 쌓여갔다. 일주일간 눈이 닳도록 보아온 사막
의 모래였다. 나는 물에 씻겨나가는 붉은 모래를 오래도록 보
고 또 보았다. 그러다가 그 모래들을 손안에 모아 담았다. 그토
록 오고 싶어 했던 사하라의 모든 순간, 순간들이 담겨 있었다.
사하라까지 끌고 온 내 안의 슬픔과 원망, 분노, 미움의 감정들
도 한데 뒤섞여 떠올랐다. 이 모든 것들을 이곳에서 흘려보낼
수 있을까? 손안의 모래는 다시 스르르 물과 함께 빠져나갔다.
나는 욕조 바닥의 모래에 샤워기의 물줄기를 갖다 댔다. 모래
는 시원하게 물과 함께 쓸려나갔다.

　샤워를 마친 나는 창가에 앉아 데니를 기다렸다. 마침 저

녁노을이 유리창 밖의 하늘을 붉게 물들이고 있었다. 순간 눈물이 핑 돌았다. 그때 메디컬 센터에 갔던 데니가 룸 안으로 들어왔다. 데니는 오자마자 자신의 신변에 관한 이야기를 늘어놓으며 갈아입을 옷을 챙겨 욕실 안으로 들어갈 준비를 했다. 창문 밖 세상은 완전한 붉은 세상이었다.

"데니…"

나는 나지막하게 욕실로 향하는 데니를 불렀다. 데니가 잠시 멈칫하더니 내게로 다가왔다.

"데니, 레이스가 끝난 거 맞지? 우리는 내일부터 사막이 아닌 곳에서 눈 떠야 하고 이제 더 이상 사하라를 볼 수 없는 거지?"

내가 한국말로 말하자 알아들을 수 없다는 표정으로 데니가 나를 물끄러미 바라봤다. 나는 계속해서 창가 쪽 붉은 노을을 바라보며 데니한테 말하듯, 또는 혼잣말인 듯 나직이 말했다.

"데니, 나 사하라가 그리워."

알아들을 수 없는 한국말에 데니가 어떤 행동도 취하지 못하고 그저 멍하니 내 곁에 서 있었다.

"데니, 나 사하라가 너무
그리워질 거 같아."

눈에 가득히 고여있던 눈물이 후드득 떨어졌다. 창문 밖 세상은 전혀 다른 세계의 세상처럼 보였다. 눈물은 계속해서 볼을 타고 흘렀다. 내 눈물이 어떤 의미의 눈물인지 세세히 알 수는 없었겠지만 데니는 울고 있는 나를 가만히 안아주었다.

"임…."

붉은 기운이 창 안으로까지 들어왔다. 그녀는 더 이상 아무 말도 하지 못했다. 나 역시도 더 이상 아무 말도 하지 못했다. 분명한 건 내가 사하라를 떠나와 있다는 사실뿐이었다. 실상은 저 붉은 노을도 사하라의 것은 아니었다. 그렇게 나는 내 삶의 최대 격전지 '나의 사하라'에서 떠나와 있었다. 내 안의 모든 슬픔과 원망, 미움과 마주한 격렬한 일주일이었다.

모든 시간은 흘러
시절이 된다

세월은 갔다. 어떤 유행가 가사처럼 푸르른 청춘과 함께, 지고 또 피는 꽃잎처럼 흘러갔다. 지나고 보면 그 속에 참 많은 만남과 이별이 있었다. 불가 용어에 '시절 인연'이라는 말이 있다. 모든 인연에는 오고 가는 시기가 있다는 뜻이다. 그렇지만 나는 늘 '이별'에서 자유롭지 못했다.

어린 시절 갑작스럽게 겪어야 했던 아버지와의 이별은 내게 트라우마처럼 남아 있었다. '부재不在'한 것에 슬펐다. 특히 원하지 않는 이별에서 오는 '부재'는 견딜 수 없는 고통이었다. 그 속에서 자라난 슬픔과 원망, 분노, 미움의 감정들로부터 헤어 나오기 힘들었다.

이별을 할 때 '인연이 거기까지였다'라는 말을 한다.

아무리 만나고 싶은 사람이 있어도
시절 인연이 무르익지 않으면 만날 수 없고,
만나고 싶지 않아도 시절의 때를 만나면
기어코 만날 수밖에 없듯이 헤어짐도 마찬가지다. 헤어지
는 것은 인연이 딱 거기까지이기 때문이다.

- 법상 스님 말씀 중

만남도 헤어짐도 물 흐르듯이 자연스러워야 할 일이었지
만 나는 그러지 못했다. 어린 시절 아버지는 내게 '너는 아버지
가 집을 나가는 것이 그렇게도 좋으냐'라는 말을 남기고 떠났
다. 아버지가 나가면서 닫힌 대문 안에 어린 시절의 내가 남아
있었다. 대문 안의 세상에서 조금도 자라지 못한 채였다. 그리
고 그대로 나이 들어 어느새 나는 '사십'이 넘어 있었다.

사십을 넘은 어느 해, 아버지가 갑자기 쓰러져서 중환자
실에 입원하셨다는 연락을 받았다. 식구들이 막내인 내가 놀
랄까 봐 사실을 숨겨서 하루 뒤에야 알게 되었다. 다음 날 아

버지가 계신 병원에 도착해서 그때까지 쏟고 온 눈물을 싹 다
지우고 중환자실 앞에 섰다. 그리고는 호흡을 가다듬고 큰 숨
한 번 들이쉬고 아버지를 보러 들어갔다. 그런데 막상 아버지
를 보니까 다시 눈물이 나오려고 했다. 그걸 억지로 참고 '아버
지… 곧 괜찮아 지실 거야.' 그 말만 간신히 하고 나왔더랬다.
내가 울면 내 앞의 아버지가 더 크게 우실 것 같아 억지로 눈
물을 삼키고 돌아 나온 날이었다. 그때 알았다. 나이 사십은 어
디서고 맘대로 울 수 없는 나이라는 것을… 내 나이가 벌써 그
런 때가 되었다는 것을 알고부터는 어느 자리에서건 크게 소
리 내어 울 수가 없었다. 그렇지만 여전히 사십이 넘어도 가슴
이 뻐근할 만큼 울고 싶은 날들은 있었다. 또다시 예기치 못한
이별을 맞아야 할지도 모르는 순간들이 기다리고 있었다. 그
순간 갑작스럽게 그런 생각이 들었다. 이제 나는 어디서 울어
야 할까? 어디서 울어야 하지? 그런 생각이 든 날로부터 내 머
릿속에는 광활한 사막이 그려지고 있었다. 사막의 고요와 적
막 속에서 한바탕 울고 후련하게 '안녕'을 고하고 싶었다. 그렇

게 '부재'한 것들로부터 자유로워지고 싶었다.

　사막에 다녀온 후 얼마동안의 시간이 지났다. 붉은 사막은 이제 내게 코끝이 알싸한 그리움이 되었다. 모든 '시간'은 흘러 '시절'이 된다. 한때는 '슬픔'이었고 '원망'이었고 '미움'이었던 시간들도 한시절로 남는다. 사하라를 갔던 시간도 결국 내게 한시절로 남을 것이다. 그 시절의 특별한 '나'라고 말할 때가 분명 올 것이다. 나는 더 이상 사하라에 있지 않다. 흘러가는 시간 속에서 사하라 그곳에 분명 내가 있었다는 것을 기억할 뿐이다. 내가 앓고 난 시절 속의 '당신'을 먼 곳에서 이렇게 바라보고 있을 뿐이다.

　사하라로 떠날 수 있도록 격려해주었던 가족들에게 진심의 고마움과 감사함을 전한다. 그리고 사진을 제공해주신 황선찬, 이종근, 허곽청신, 이경록, 오충용, 이무웅 선배님과 박세훈 군에게도 깊이 감사드린다.

마라톤 완전정복

모로코 사하라사막

🌵 사하라 사막 마라톤

이모저모

'모로코 사하라 사막 마라톤'은 어떤 대회?

흔히 '사하라 사막 마라톤'으로 알려진 이 대회의 정식 명칭은 '마라톤 데 사브레Marathon Des Sables(프랑스어로 '사막의 마라톤'이라는 뜻)'로, 6박 7일간 모로코 남부 사하라 사막 250여km를 건너는 대회이다. 일반 마라톤을 여섯 번 뛰는 것과 같은 극한의 경주로 유명하다.

전 세계 사막 마라톤 중 가장 오래됐으며, 창설자는 1984년 28살의 나이로 혼자서 12일 동안 사하라 사막 350km를 횡단한 프랑스인 패트릭 바우어다. 1986년 열린 첫 대회에는 23명의 선수가 참가했는데, 지금은 해마다 각국에서 1,000여 명의 선수가 몰려드는 세계적 규모로 성장했다.

경주는 자신이 먹을 식량과 장비를 짊어지고 가는 '자급자족형' 경기이며, 마지막 구간은 항상 자선 레이스로 마무리한다. 대회 측은 조난에 대비해 조명탄과 위성 위치추적기GPS를 제공하며, 물과 텐트, 의료 서비스만 지원한다. 경기 도중 외부의 도움을 받으면 안 되고 정해진 양의 물을 받지 않거나 쓰레기를 아무데나 버려도 패널티를 받는다.

이 대회의 놀라운 점은 참가 선수의 30% 정도는 두 번 이상 참여한 이들이라는 것. 험난한 사막에서 펼치는 경기인 만큼 인간의 한계에 도전하는 희열을 맛볼 수 있지만, '지옥을 통과하는 듯한 고통'이 따르는 경주이기도 하다. 그럼에도 불구하고 사하라 사막 마라톤이 인기를 누리는 이유는 무엇일까? 지금은 대회 운영자로 활동하는 패트릭 바우어는 한 인터뷰에서 이 대회의 의미를 이렇게 설명한 바 있다.

"믿기 어렵겠지만, 사하라 사막 마라톤 참가자들의 평균 연령이 40대 이상이다. 이 대회는 바쁜 일상생활을 벗어나 인간의 기본으로 돌아가는 멋진 경험을 제공한다. 최소한의 물품으로 생존하며, 치열한 경주가 끝나면 동료들과 모닥불 주위에 둘러앉아 함께 사막의 별을 보며 도란도란 이야기를 나누는 경험은 현대인들이 잊고 사는 진정한 삶의 가치를 일깨워준다. 우리가 사막에서 배우는 교훈은 바로 인간은 보잘 것 없는 존재라는 겸손함이다."

사막 마라톤 대회는 어떻게 운영되나?

전 세계 사막 마라톤 대회 중 가장 유명하고 오래된 대회로 명성을 날리는 만큼, 참가 선수 외에도 진행 요원 450명, 코스 자원봉사자 130명, 의료진 50여 명이 대회를 지원하며 물 12만L, 텐트 3천 동, 차량 120대가 동원된다. 위성 통신시설을 갖추고 있으며 촬영과 긴급 구조를 위해 헬기 2대가 운영된다.

코스 자원봉사는 선수들에게 주로를 안내하고 체크포인트에 들어온 시간을 기록하고 관리한다. 물을 지급하고 체크하며 페널티 관리도 한다. 선수들이 숙소로 이용한 텐트를 설치하고 철거하는 일은 사하라 사막 유목 민족인 베르베르인들이 맡아서 한다.

나도 사막 마라톤을 뛰고 싶다면?

대회 공식 홈페이지 https://www.marathondessables.com에 접속하면 그동안의 대회 관련 정보와 사진, 영상 등을 볼 수 있으며, 블로그, 페이스북, 유튜브 등 SNS를 통해서도 다양한 정보와 참가자들의 후기를 접할 수 있다. 참가는 대회 공식 홈페이지에서 회원 가입 후 신청할 수 있는데, 신청 후 3일 내 참가비를 송금해야 한다. 신청 기한은 해마다 약간씩 차이가 있지만, 보통 9월 말까지이다. 하지만 항상 추가 접수 기간이 있으므로 확인해야 한다.

참가비는 3,100유로이며, 프랑스 샤를 드골 공항에서 모로코 와르자자트까지 전세기를 이용할 경우 500유로를 추가로 낸다.

참가 자격은 18세 이상 성인은 누구나 가능하며, 다만 신체적 능력을 입증할 수 있는 의료 증명서와 심전도 보고서를 반드시 제출해야 한다. 개인 출전이 일반적이지만, 세 명 이상이 팀으로 나가기도 한다. 팀으로 경주할 경우, 팀 전원이 완주해야 한다.

모든 참가자는 순위가 매겨진다. 자선 레이스는 의무이며, 이 단계까지 마쳐야 완주로 인정된다.

참가 선수 전원에게 코스와 구간별 특징, 거리, 출발 시각과 제한 시간, 체크포인트와 베이스캠프 위치가 표시된 〈로드북〉을 제공한다.

어떤 준비물이 필요할까?

사막 마라톤을 준비하는 사람에게 가장 중요한 품목 중 하나가 신발이다. 사막에서 가시가 박히는 것을 방지하고 지열로부터 보호 가능할 수 있어야 한다. 치수는 한두 사이즈 큰 것을 구입하는 것이 좋다. 또한 대회에서 신을 양말과 함께 신어 보고 물집이 생길 자리를 알게 되면 도움이 된다.

게이터는 눈 쌓인 겨울 등산 시 신발에 덧붙여 신는 스패츠와 비슷한데 사막에서 모래의 유입을 막으려는 것이라 생각하면 될 것이다.

모자는 챙이 넓게 달린 모자와 사막용 모자 두 개를 갖고 갔다. 특히 우리나라 시골에서 밭일 하는 사람들이 쓰는 모자처럼 생겼는데 햇빛 가리기에 딱 좋다. 덕분에 사진가에게 사진이 찍혀 '2019년 아름다운 장면 70선'에 오르기도 했다. 하지만 바람 불면 레이스를 이어가야 하는 선수에게는 불편함이 있어서 권하지는 않겠다.

대회 전날 필수 장비 검사를 하며, 누락된 장비에 대해서는 벌점과 페널티가 부과된다.

배낭, 침낭, 헤드 랜턴 및 여분의 배터리, 옷핀, 나침판, 라이터, 호루라기, 등산용 칼, 소독약, 안티 베놈 펌프(전갈, 뱀 등에 물렸을 때 독을 빼는 응급 의료 용구), 거울 (길을 잃었을 때 위치를 표시해줄 반사판), 생존 담요(알루미늄 시트), 고체연료, 식기, 일주일 치 식량(하루 2천kcal, 1만 4천kcal 이상), 선크림, 선캡, 선글라스, 방한용 점퍼, 대회용 의료 증명서 등이 필요하다.

저자의 대회 복장

신발, 거울, 게이터, 고체연료

🌵 사하라 사막 마라톤
준비 일지

<D-174> 2018. 10. 12.

오늘 대회를 접수하고 첫 운동을 시작했다. 집에서 헬스장까지 7km 왕복.

러닝머신 위에서 '속도 7'로 10km를 1시간 30분 동안 걸었다. 속도 7은 100m를 1분 안에 걷는 속도다. 이 속도를 몸에 각인시키려 한다. 사막은 평지와 다르고 10km가 넘는 배낭을 메고 모래언덕에 바위산까지 넘어야 하니, 이 정도 속도로 충분할지는 의문이지만.

50도를 넘나드는 사막을 걷고 뛴다는 것은 어떤 느낌일까? 게다가 무박으로 80km를 가는 '롱데이 코스'에 대한 부담감이 크다 보니 벌써부터 걱정이 된다.

집으로 향하는데 발바닥이 아프다. 사막 마라톤 첫날 발바닥 어디에 물집이 잡힐지 알 것 같다.

<D-163> 2018. 10. 23.

러닝머신 11km를 속도 7에 맞춰 한 시간 반가량 걷고 뛰기를 반복했더니, 발가락 사이에 물집이 잡히고 피가 났다. 아마도 발톱이 옆 발가락 사이를 파고들며 피를 낸 모양이다. 며칠 전 17km를 뛰고는 가뿐하니 할만하다 싶더니, 오늘은 그보다 짧은 14km 거리임에도 훨씬 지치고 발까지 말썽이다. 생각해보니 오늘부터 짊어진 배낭이 한몫한 듯하다. 4.5km 배낭이 이 정도인데, 앞으로 짊어질 13km 짜리 배낭은 얼마나 위력이 대단할까 싶다.

\<D-162\> 2018. 10. 24.

자고 일어나니 물집이 그새 커졌다. 밴드를 붙이고 집 근처 청량산에 올랐다가 집까지 11km를 걷고 뛰었다. 발은 둘째 치고 등이 아픈데 아무래도 뛸 때 배낭이 계속 탁탁 부딪혀서 그런 것 같다. 배낭을 짊어진 어깨도 아프다.

\<D-161\> 2018. 10. 25.

집 앞 공원에서 10km를 빠르게 걸었다. 1시간 35분 걸렸다. 배낭을 메기 전에는 평균 속도가 6.7 정도는 됐는데, 메고 난 이후 5.5로 확 떨어졌다. 아무래도 배낭이 무거우니 쉽게 지쳐 속도가 나지 않는다. 배낭만 없어도 살 것 같을 텐데…. 우선은 배낭을 메고 무게감을 느끼며 걷는데 집중해야겠다.

\<D-156\> 2018. 10. 30.

집 앞 공원에서 16km, 평균속도 6.2로 걸었다. 걸린 시간 2시간 30분. 배낭 무게는 5kg. 왼쪽 발바닥에 작은 물집이 생겼다.

<D-155> 2018. 10. 31.

집 근처 청량산 고도 172m 부근까지 3.4km를 걸었다. 걸린 시간 57분, 속도는 3.3. 배낭 무게를 5.5kg으로 늘렸다. 발바닥 물집 때문에 몽벨 발가락 양말을 사 신고 그 위에 등산 양말을 겹쳐 신었는데도, 속도가 나지 않는다.

등산을 하고 나면 옷이 젖어 한기가 든다. 운동을 계속할 수가 없어 집에 돌아왔다.

발바닥 물집은 더 커졌다. 터뜨리고 싶은데 물집이 얇게 올라와 바늘이 들어가지 않을 듯해서 그냥 두었다. 발바닥 통증에 온 신경이 집중된다.

<D- 154> 2018. 11. 1.

집 근처 공원에서 20km를 빠르게 걸었다. 배낭 무게 6kg. 3시간 25분 걸렸다. 휴식 시간 10분 포함이다. 평균 속도는 5.9.

왼쪽 발바닥 물집에 메디폼을 붙이고 걸었다. 역시 속도 내기가 쉽지 않다. 10kg을 넘어가자 내 안에서 자꾸 김흥국 아저씨가 튀어나온다. '으아~', '으아~'.

<D-151> 2018. 11. 4.

어제는 김장을 하느라 운동을 거르고, 오늘 이틀 만에 다시 운동을 시작했다. 점심으로 라면을 먹은 게 화근인지 운동 중 자꾸 갈증

이 났다.

저번에 20km를 걸을 땐 중간 지점에서 딱 한 번 쉬고 간식을 먹었는데, 이번에는 세 번 멈춰서 물을 마셨다. 물 세 통을 마셨더니 몸이 무거워 속도가 붙질 않는다. 물도 적당량을 마셔야 하나보다. 대회 중 라면 같은 짠 음식도 금물이다.

대회에 참가했던 사람이 쓴 책을 보니 사막 마라톤을 뛰는 동안은 제대로 된 음식을 먹을 수 없는 데다 엄청난 칼로리 소모로 입맛을 잃어 모든 음식이 입에 맞지 않다고 한다. 그래서 컵라면을 챙겨 갔다는데, 라면이 나한테 안 맞는 줄도 모르고 따라 했다가 큰 실수를 할 뻔했다. 아쉽지만, 이번 대회에서 라면과는 작별이다.

<D- 148> 2018. 11. 7.

미세먼지주의보 발령. 미세먼지가 심해 하루 종일 하늘이 흐리다. 비가 올 것 같은 하늘인데 이게 다 미세먼지 때문이라니 참 지독하다 싶다. 미세먼지가 심한 날은 야외운동 불가. 러닝머신으로 대체했다.

20km를 평균 속도 6으로 걸었다. 소요 시간은 3시간 30분, 배낭 무게는 6kg.

20km를 빠르게 걸었더니 이전에 없던 무릎 통증이 생겼다. 양쪽 무릎 안쪽이 걸을 때 뻐근하고 무겁다. 가만히 있으면 괜찮은데 걸으면 아프다. 이번 달 말까지는 거리를 25km로 늘려놔야 하는데 걱정이다.

<D-145> 2018. 11. 10.

지리산 천왕봉, 제석봉, 연하봉, 삼신봉, 촛대봉을 등반했다.

새벽 4시에 입산해 13시간이 걸렸다. 중간에 쉬는 시간 2시간을 포함해서다. 16.5km를 오르는데 1,600kcal가 소모됐다.

<D-142> 2018. 11. 13.

무릎 통증 때문에 병원을 찾았다. 하루 20km 이상을 걷고 뛰니 무릎에 무리가 갈 만도 하다. 배낭 무게도 무릎에 쏠리는 하중에 한몫했으리라.

내가 찾은 정형외과 의사 선생님은 아프리카로 의료 봉사를 다니시는 멋진 분이다. 오랜만에 인사를 드리고 사하라 사막 마라톤 얘기를 전했더니 이것저것 물으시며 걱정해주신다. 무릎이 아프면 운동을 쉬라고 하시는데, 그럴 수가 있나. 내가 "주사 한 방 맞으면 멀쩡해질 텐데요, 뭘."이라고 했더니 선생님이 주사를 안 놓으시겠단다. 주사 맞고 쉬어야 하는데 내 눈을 보니 쉴 사람 같지 않다면서. 주사는 의미가 없으니 간단한 약 처방과 물리치료만 권하셨다. 운동량을 더 늘려도 시원찮을 판에 무릎이 말썽이니 나도 답답하다.

<D-139> 2018. 11. 16.

무릎이 많이 아프다. 무릎 안쪽 인대가 늘어나 염증이 생긴 상태로, 심하면 수술 후 최소 3개월의 휴식이 필요하다. 무거운 배낭을 메고 과하게 달리느라 생긴 부상이다. 당장 수술할 정도는 아니지만 2~3주 휴식이 필요하단다. 속상하고 이러다 만성 통증으로 이어져 대회에 지장을 줄까 두렵다.

대회를 준비하려면 하루 20, 30km씩은 기본으로 뛰어야 하는데, 그걸 못하고 있으니 안달이 난다. 하지만 빠르게 걷기조차 힘든데, 달리는 것은 아예 포기 상태이다.

그나마 지금 회복하면 다시 시작할 수 있지만 대회 직전에 다쳤으면 어쩔 뻔했냐고 위안해 보지만, 속상한 마음은 어쩔 수가 없다. 1보 전진을 위한 2보 후퇴로 여길까.

<D-128> 2018. 11. 25.

무릎 부상으로 보름간 휴식 기간을 가졌다. 대회는 점점 다가오는데 몸은 안 따라주고, 조바심에 안타까운 시간을 보냈다. 의사 선생님한테 운동 안 할 테니까 주사 좀 놔달라고 떼를 써서 주사도 맞고 많이 좋아져 다시 운동을 시작했다.

미세먼지를 뚫고 집 근처에서 5kg짜리 배낭 메고 6km 걷기, 러닝머신에서 3km 걷기, 자전거 타기 30분을 했더니 다시 통증이 온다. 조심하려고 운동량을 최소로 잡았건만 완전히 회복된 건 아니었던 모양.

주변에서 더 쉬어야 한다고 했지만 내 몸이 이겨낼 거라 믿고 말을 듣지 않았다. 이상은 높으나 현실은 참혹하다.

\<D- 125\> 2018. 11. 30.

마냥 쉴 수도 없어 나름 운동을 살살하고 있다. 자전거 타기 30분, 러닝머신에서 15km 걷기. 평균 속도는 6.5, 배낭 무게 5kg, 걸린 시간은 2시간 30분이다.

아파서 운동이 맘대로 안 되더라. 왼쪽 발바닥에 또 물집이 잡혔다. 이건 누가 시킨다고 할 수 있는 짓이 아니다.

\<D-121\> 2018. 12. 4.

오랜만에 등산으로 체력을 테스트해봤다. 고도 172m, 3.5km 등반. 평균 속도는 3.4이고 소요 시간은 57분이다.

하산 후 집까지 7km를 걸어서 왔다. 이때 걸린 시간은 1시간 11분.

서서히 운동량을 늘려가고 있다. 앞으로 추워질 날씨가 문제다.

\<D- 112\> 2018. 12. 14.

러닝머신으로 10km, 실외 5km, 총 15km를 걸었다. 평균 속도 6.5. 배낭 무게 6kg이다.

\<D-109\> 2018. 12. 17.

물집을 제거하고 새살이 차오르기도 전에 다시 뛰니 그 자리에 또 물집이 잡힌다.

같은 위치, 같은 상처이지만 처음 것보다 훨씬 아프다.

두 번째 입는 상처는 덜 아플 듯해도 모든 상처는 다 아프다.

몸과 마음이 어디 다를까.

마음을 다친 곳에 같은 상처가 다시 생기면 전보다 훨씬 큰 아픔이 온다.

마음의 생채기는 몸의 상처보다 훨씬 아프고 지독한 법이다.

<D-101> 2018. 12. 25.

크리스마스에 정신줄을 부여잡고 러닝머신에서 25km를 뛰었다. 15km와 10km로 나누어 중간에 휴식 시간 10분을 가졌다. 평균 속도 6.5, 소요 시간은 3시간 58분. 간식으로 고구마 2개와 소시지, 에너지젤을 먹었다.

20km를 뛰다 겨우 5km를 늘렸을 뿐인데 너무 힘들다. 배낭 무게를 7kg으로 늘린 것도 부담이 된 듯하다. 배낭 무게가 조금만 늘어나도 하중을 받는 어깨, 골반이 다 아프다. 이런 체력으로 사하라에 갈 수 있을까 걱정이다.

<D-92> 2019. 1. 3 D-92

사하라 사막 마라톤 대회가 드디어 100일 안쪽으로 성큼 다가왔다. 남은 90여 일은 눈 깜짝할 사이 지나갈 것 같다. 이왕 하는 운동, 더 밀도 있게 해야겠다. 우선 이번 달까지는 25km를 걷는 게 목표다. 내 체력에 맞게 서서히 운동량을 늘려가고 있다.

러닝머신에서 7kg짜리 배낭을 메고 25km를 빠르게 걸었는데, 지난번 같은 거리를 걸을 때보다 훨씬 몸이 가뿐하다. 그땐 내 체력으로 19km를 가고, 나머지는 정신력으로 버틴 것 같다. 운동량을 조금씩 늘려가며 체력을 키우는 게 맞는 거다. 어떤 일이든 내 속도대로 맞춰 가면 된다.

이렇게 또 한고비를 넘어가는 중이다.

<D-88> 2019. 1. 7.

러닝머신으로 25km 이상 운동을 한다 해도 실제 강도는 실외에서 10km를 뛰는 것만 못하다. 러닝머신은 벨트가 자동으로 돌면서 바닥을 밀어주니 온전히 내 힘으로 걷고 뛰는 실외 운동량을 채우지는 못한다.

또한 러닝머신은 일정한 속도를 유지할 수 있도록 해주지만 실외에서 그 속도를 한 치의 오차도 없이 유지하며 걷는 것은 불가능하다. 그러므로 사하라 사막 마라톤을 준비하려면 실외 운동을 해봐야 한다는 게 내 결론이다.

미세먼지 '나쁨'에도 불구하고 실외 운동을 강행했더니 바로 목이 칼칼하고 코가 막힌다. 20km를 채우지 못하고 중간에 집으로 돌아왔다. 한겨울이라 그런지 오후 5시 30분만 넘어도 춥고 한기가 들어 감기라도 걸릴까 봐 조심하고 있다.

<D-87> 2019. 1. 8.

다니던 헬스장의 기한이 오늘까지다. 운동을 처음 시작하던 날은 러닝머신 위에서 30분 걷고 뛰는 것도 힘들었다. 여름까지도 10분을 늘려, 20분 걷고 20분 뛰는 게 고작이었다.

10월에 사하라 사막 마라톤 대회를 접수하고부터는 10km, 20km, 25km까지 운동량을 늘렸다. 남들이 어떻게 보든 나는 내 걸음으로 최선을 다했다.

헬스장을 한 바퀴 돌아본다. 또 한 번 익숙함과의 작별.

정든 곳을 떠나 새로운 곳에서의 시작은 항상 두렵다.

<D-84> 2019. 1. 11.

감기 기운 탓에 운동이 너무 힘들다. 다니던 헬스장이 멀어 가까운 곳으로 옮겼는데 실내가 어둡고 난방을 하지 않아 춥다. 운동을 할 때 나오는 열기로 버텼지만 손이 다 시릴 정도. 전에 다니던 헬스장은 시설은 좋지만 오고 가는 길이 만만치 않았다.

최근 운동량이 늘어 운동을 마치면 기운이 하나도 없는데, 거리가 멀다 보니 돌아오는 길이 무리가 됐기 때문이다. 그래서 가까운 곳으로 옮겼는데 맘에 차지가 않는다. 그래도 꾹 참고 운동에만 전념해야겠다. 모든 게 다 내 마음에 들 수는 없으니까.

<D-76> 2019. 1. 19.

두 번째 부상. 역시 운동과부하 때문이다. 며칠간 발목 인대 통증을 파스로만 버티다가 병원을 찾았다. 의사 선생님이 '사하라 가는 게 얼마 남지 않았겠다'며 먼저 아는 척을 해주신다. 다녀온 후 인사드리겠다고 하니 정말 갈 거냐고 다시 한 번 확인하신다. 웃으며 '그러니 선생님이 그때까지 내 주치의를 잘 해주셔야 한다'고 못 박으니 껄껄 웃으시는 선생님.

갈 길은 먼데 몸이 안 따라주니 답답하다. 그렇더라도 결코 포기하지 않을 거다.

<D-73> 2019. 1. 21.

발목 인대염 이후 잠시 휴식기를 가졌다. 쉬었다 다시 운동을 하니 역시나 쉬었던 티가 역력하다. 15km 걷는 데 2시간 30분. 12km를 넘어가니 너무 힘들어서 '내일부터 열심히 하고 오늘은 여기까지' 하는 마음이 절로 든다. 꾹 참고 30분을 더 버텨 15km까지는 가보았다.

이제 사하라 사막 마라톤이 70일 남았다. 준비하는 동안 부상이 없어야 할 텐데. 나 자신을 믿는 수밖에.

<D-72> 2019. 1. 22.

20km를 평균 속도 6.5로 3시간 20분 동안 걸었다.

부상 이전의 운동량으로 서서히 회복 중이다.

그런데 너무 힘들다. 20km도 이렇게 힘든데 25km는 어떻게 해냈던 건지 의문이다.

이 정도로 힘들다 하면, 일주일 동안 매일 42km씩은 어떻게 달릴 건데? 그것도 뜨거운 사막에서 13kg짜리 배낭을 메고 달리는 건 상상이 안 간다. '독종'이란 말은 사하라 완주 이후 쓰겠다. 아직은 독종 소리를 들을 때가 아니지.

<D-67> 2019. 1. 28.

바깥 기온 영하 6도. 러닝머신으로 실내 운동만 하고 있다. 이런 날씨에 실외에서 땀을 흠뻑 흘리고 젖은 옷차림으로 귀가하는 건 위험하다. 어느새 감기도 걸리면 안 되는 귀하신 몸이 되었다.

<D-65> 2019. 1.30.

운동하다가 도망쳐 나왔다. 운동이 지겹고 힘들고 재미없다.

<D-52> 2019. 2. 12.

신던 운동화 밑창이 많이 닳아 새 운동화를 신었다. 대회용 같은 건 주문이 어려워 다른 것으로 주문했는데, 신어 보니 이건 아닌 듯 싶다. 원래 신던 운동화보다 발볼이 좁아 바로 물집이 잡혔다. 겨우 17km를 걷고 뛰었을 뿐인데 회초리로 발바닥을 맞은 듯 화끈거리고 아프다. 신발이 이렇게 중요하구나 싶다.

<D-50> 2019. 2. 14.

8kg 짜리 배낭 메고 21.5km를 걸었다. 평균 속도 6.5. 3시간 30분 걸렸다.

목표한 25km는 채우지 못했다.

<D-49> 2019. 2. 15.

배낭 무게를 8kg으로 늘리니 확실히 체력 소모가 크고 빨리 지친다. 사막에서 메는 배낭 무게는 평균 12~15kg. 사막 마라톤을 뛰어본 사람들에 따르면, 점점 식량이 줄면서 배낭의 무게가 아무리 줄어도 체감 무게는 별로 달라지지 않는다고 한다. 경기가 계속될수록 체력 소모가 크기 때문이라고.

어쨌든 배낭 때문에 속도 내기가 쉽지 않을 것 같다. 내려놓을 줄도 알아야 하는데 꽉 움켜쥔 채 내려놓지 못한 것들의 무게가 이리도 버거운 것이다.

<D-44> 2019. 2. 20.

4시간 동안 25km를 걸었다. 평균 속도 6.5.

힘들다, 힘들다 하면서도 목표한 만큼 끝까지 걷고 뛰는 나 자신이 대견하다.

수고 많았어. 잘 버텨줘서 고맙다.

<D-43> 2019. 2. 21.

8.3kg의 배낭을 메고 4시간 이상 러닝머신을 뛰다 보니 목, 어깨, 허리로 통증이 온다. 그중 목 부위의 통증이 가장 심해 오늘은 배낭을 내려놓고 맨몸으로 25km를 걷고 뛰었다. 맨몸으로도 20km 이상 러닝을 하기 쉽지 않은데 8kg 짜리 배낭을 메고 어떻게 25km를 갔는지, 내가 한 일이지만 이해가 안 된다.

앞으로 사막에서 일주일 동안 매일 40km 이상, 15kg에 가까운 배낭을 메고 걷고 뛰어야 하는데, 해낼 수 있을지 대책이 안 선다. 용기라기보다는 무모함에 가까운 도전이었다.

<D-34> 2019. 3. 2.

내가 얼마나 외롭고 두려운지 아무도 모를 테지….

혼자 가는 거다. 울지 말고.

<D-32> 2019. 3. 4.

러닝머신 15km, 산행 6km, 집 근처 공원 빠르게 걷기 6km. 모두 27km를 걷고 뛰었다. 배낭 무게는 9kg이다.

<D-31> 2019. 3. 5.

러닝머신 15km를 달렸다. 어제 27km를 뛴 다음이라, 평소 느끼는 것과는 견줄 수 없을 정도로 피로하다.

하루 평균 40km 이상 레이스를 펼치는 사하라에서는 어떻게 될까? 걷고, 뛰고, 구르고 별짓을 다해 제한 시간 내 레이스를 마친다 해도 다음날, 또 그 다음날은 무슨 수로 버틸까? 7일간의 레이스를 버티는 건 암만해도 무리이지 싶다.

머나먼 사하라에서, 내 안의 무엇이 나를 몰고 갈 것인지.

<D-27> 2019. 3. 9.

운동 전후 들르는 편의점에서 요구르트와 간식거리를 산 뒤 사장님께 뒤쪽에 짊어진 배낭 안에 좀 넣어달라고 부탁드렸더니, 배낭 안을 살피다가 "이건 뭐지?" 하신다.

1kg 짜리 아령 세 개를 보신 것 같아, 사막 마라톤 대회를 준비하느라 배낭 무게를 맞추기 위해 넣어둔 것이라고 하니 아까보다 더 놀란 표정이다. 배낭이 9kg은 되는데, 이 무게감이 어느 정도인지는 잘 모르실 거라는 말도 덧붙였다. 사장님 왈, "그걸 왜 몰라. 마트에서 파는 10kg 짜리 쌀 한 포대 짊어지고 뛰는 거 아니야?" 하시는데 그 비유가 제법 그럴듯하다는 생각이 들었다.

그렇다. 쌀 한 포대 짊어지고(물 무게는 제외다), 하루 8시간에서 10시간을 걷고 뛰고 오르고 내리는 게 사막 마라톤이다(잠 안 자고 밤새 30시간 안팎 뛰어다니는 레이스도 포함된다). 40도 이상 차이 나는 일교차와 모래 폭풍을 견디고, 제대로 먹지도, 자지도, 씻지도 못하는 것은 물론이고 극심한 피로와 신체적 고통에 이르기까지 그 고생을 일일이 말해 무엇하랴.

그래서 사람들은 왜 그 고생을 사서 하려느냐고 묻는다. 나도 내 자신에게 수차 물었던 질문이다. 어찌 쉽게 답할까마는, 나는 사하라에 가서까지 모래 속에 박힌 발을 빼내고 작열하는 태양의 뜨거움 아래 모든 생명력을 앗아버린 사막의 건조함을 바라보며 '내가 왜 여기까지 왔을까?'에 대한 답을 찾고 있을 것만 같다. 돌아오기 전까지는 답을 구할 수 있을까. 어쨌든 나를 사막까지 가게 한 이유 또한 사막 안에 존재할 것이다. 내 시작과 끝은 그렇다.

<D-24> 2019년 3월 12일

러닝머신 15km 뛰기. 배낭 무게는 10kg. 쉬지 않고 2시간 20분을 뛰었다.

대회 참가 자격을 증명하기 위한 운동 부하 검사와 심전도 검사를 예약했다.

<D-23> 2019년 3월 13일

어제와 똑같이 달림.

대회용 신발에 게이터를 부착하러 독산동 구두 수선집에 들렀다.

동대문 캠핑 용품 전문매장에서 배낭, 초경량 카본 스틱, 고체 연료, 칼을 구입하고 수입 과자점에 가서 솔트캔디와 흑설탕캔디, 건조빵, 초콜릿, 모자 등을 사왔다.

<D-22> 2019년 3월 14일

오늘도 어제와 똑같은 운동량.

이마트에서 건조밥, 스틱 미숫가루, 스틱 죽, 낱개 포장된 누룽지 등 대회용 먹거리를 사왔다.

초봄 꽃샘추위가 제법 매섭다.

<D-21> 2019. 3. 15.

러닝머신에서 25km를 빠르게 걸었다. 소요 시간 4시간 10분. 15km 걷고 중간에 10분 쉬었다.

운동 내내 10kg 짜리 배낭을 메고 있으니 어깨 통증이 몰려온다. 대회가 코앞이라 큰 부상은 아니어야 할 텐데.

게이터 박은 운동화를 택배로 받았다. 게이터를 부착하니까 운동화가 훨씬 촘촘해져 신고 벗기가 무척 불편하다. 대회 중에 발이 부으면 참 난감할 거 같다.

<D-18> 2019. 3. 18.

운동 부하 검사와 심전도 검사를 받으러 보건소를 찾았다.

대회 전 한 달 이내 검사 결과만 유효하다고 해서 3월 5일 이후에 검사를 받아야 했다. 날이 가까워서야 알아보니, 근처 병원들은 전부 예약이 차 있다며 4월 이후에나 검사가 가능하다고 해 많이 당황했다. 예약 후 바로 검사를 받을 수 있는 줄 알았는데 이렇게 대기가 길어질지 몰랐다. 의사의 서명이 들어간 검사 결과지가 없으면 대회에 참가할 수 없기 때문에 몹시 다급하고 난처한 상황. 나는 선배들에게 급히 SOS를 쳐서 근처 보건소 중 도움받을 만한 곳을 소개받았다. 다행히 보건소에서 검사가 가능하다는 소리를 듣고 출국 22일 전 검사를 받은 것이다.

검사 결과, 전체적으로 20대 후반의 체력을 가지고 있지만(술과 담배를 안 하니 심장과 혈관은 깨끗하다는 말이다) 마라톤을 뛰기엔 심장과 근육이 그다지 좋지 않다고. 쉽게 호흡이 가빠지고 가쁜 숨을 회복하는데 남들보다 오랜 시간이 걸린다는 이야기도 들었다. 그러니까 조금만 뛰어도 쉽게 지치고 회복이 더디다는 뜻이다. 사막에서 달린다면 내가 생각하는 것 이상으로 숨이 차고 힘들 수 있다며 의사로서 말리고 싶다는 소견을 받았다. 나는 정신력이라는 것이 있으니 한번 해볼 만하지 않겠냐는 말로 인사를 대신하고 나왔다.

역시 쉽지 않은 일이다. 나도 내가 해낼 수 있을지 장담을 못하겠다. 외롭고 힘들고 고통스러운 길이 될 것 같다. 요즘 들어 거길 왜 가냐는 질문을 참 많이 듣는다. 글쎄⋯ 너무 지치고 힘든 때 '차라리 누가 날 좀 흠씬 때려줬으면'하고 생각해본 사람이라면 내 심정을 이해할 수 있을까. 살면서 억울한 일 한번 안 당해 본 사람들은 끝까지 모를 일이다.

검사를 받고 15km를 빠른 속도로 걸었다. 병원에 가서 어깨 물리치료를 받고 진통제와 근육 이완제를 받아왔다.

<D-16> 2019. 3. 20.

운동 후 배낭을 내려놓는데, 나도 모르게 앓는 소리가 나온다. 배낭 무게 때문에 어깨랑 허리가 아파도 너무 아프다.

<D-14> 2019. 3. 22.

몸살 기운이 있는 것 같아 운동은 건너뛰고 병원에 가서 약을 처방받아 왔다.

꽃샘추위가 여전하다. 막바지 준비 단계인 만큼, 컨디션 조절이 관건이다.

<D-12> 2019. 3. 24.

아버지와 언니 부부에게 출국 전 인사를 드리고 왔다.

<D-10> 2019. 3. 26.

대회가 열흘 앞으로 다가왔다. 4월 3일 출국을 앞두고 그동안 닦은 기량과 체력을 테스트해봤다. 학교 다닐 때 입시를 앞두고 모의고사를 치르듯이, 대회 전 실전 평가라고나 할까.

시험은 30km 빠르게 걷기. 배낭 무게는 12kg이다. 중간에 두 번 쉬어간 30분을 포함해 총 5시간 30분 소요. 10분에 1km씩 걸었나 보다. 배낭만 없어도 더 빨리, 덜 지치며 나갈 것 같은데 역시 배낭 무게가 속도에 영향을 미친다.

집 근처에 산악자전거 전용 경기장 및 연습장이 있는데, 사막 마라톤 연습장으로도 제격이었다. 둔덕과 비탈길, 모래장과 자갈길이 다 갖춰져 있어 오르락내리락 연습한 것이 도움이 된 것 같다.

사하라에서 완주는 어려울지 모르지만, 최선을 다하고 후회 없이 돌아올 거다.

<D-2> 2019. 4. 3.

드디어 출국. 사하라 사막을 달리기 위해, 대회 첫 집결지인 프랑스 파리로 날아가고 있다.

🌵 2019년 사하라 사막 마라톤, 나의 자취

4월 3일 오후 1시 출국.

현지 시각 오후 6시 30분.

프랑스 파리 샤를 드골 공항에 도착하다.

4월 4일 파리 시내 관광.

4월 5일 오전 6시 파리 샤를 드골 공항 제3 터미널에 집결하다.

오전 8시 20분 모로코 와르자자트 행 비행기 탑승.

오전 11시 30분 와르자자트 공항에 도착하다.

전세 버스를 타고 사하라 사막으로 이동, 오후 8시 도착.

4월 6일 필수장비 검사 및 건강검진 서류를 제출하고 문진을 받다.

필수장비 목록과 칼로리 측정 결과를 제출하다.

필수장비를 제외한 나머지 짐은 모로코 숙소로 부치다.

오후 5시 대회 안내와 이벤트 행사가 열리다.

참가 선수 모두 위치 추적기를 지급받다.

오늘까지는 대회 측에서 식사를 제공했지만,

레이스가 시작되면 식량 조달 및 식사를 스스로 해결한다.

4월 7일 드디어 대회 시작. 32.2km를 달리며

체크포인트 두 군데를 거치다.

4월 8일   둘째 날. 빅둔과의 사투가 벌어지는 날이다.

  체크포인트 두 군데를 거치며 32.5.km를 달린다.

4월 9일   셋째 날. 체크포인트 3군데를 거치고 총 37.1km를 달리다.

4월 10일~4월 11일   넷째 날. 무박으로 쉬지 않고 76.3km를

  달리는 '롱데이 레이스'를 펼치다.

  여섯 군데 체크포인트를 거침.

4월 12일   다섯째 날. 체크포인트 세 군데를 거쳐

  42.2km를 달린 끝에 드디어 완주 메달을 목에 걸다.

  완주를 축하하는 공연이 열리고, 사막에서의

  마지막 밤을 보내다.

4월 13일   여섯째 날. 참가자 전원 자선 행사로 6.1km를 걷다.

  대회를 통틀어 주행 거리 226.4km.

  전세 버스로 와르자자트로 돌아와 만찬을 가진 후 휴식.

4월 14일   오전에는 기념품 판매 행사를 보고 자유 시간을 가지다.

  모로코 시내 자유 관광.

  저녁 식사 후 대회 폐막 행사가 열리다.

4월 15일   오전 7시 30분 와르자자트 공항으로 이동하여 대기 후

  전세기로 출발하여 프랑스 샤를 드골 공항에 도착하다.

  오후 8시 30분 서울행 비행기에 탑승하다.

4월 16일   오후 3시 30분 인천공항에 도착하다.

달릴 수 없다면 걸어. 걸을 수 없다면 기어서라도 가.

네가 할 수 있는 것을 해. 계속 앞으로 나아가는 거야.

절대로 포기해선 안 돼.

–

딘 카르나제스, 울트라 마라톤 러너